진실을 보는 눈

우철수 수상록

진실을 보는 눈

인생의 경주에서 다시 한번 힘차게
달리고 싶은 이들에게
전하는 따뜻한 희망의 메시지

도서
출판 답게

| 차례 |

책을 펴면서

    우리는 성공한 사람이 되기를 바라고, 행복한 사람으로 살아가기를 원합니다. 그래서 원하는 바를 성취하기 위하여 저마다 열심히 노력합니다. 그러나 그 가운데서 의외로 올바른 가치관이나 바람직한 인생관이 없이 살아가는 사람들이 많은 것 같아 안타까울 때가 많았습니다.

    이 수상록은 도전에 실패하고, 인생의 경주에서 좌절한 분들께 조금이나마 위로와 따뜻한 희망의 말을 전하기 위해 선보이게 되었습니다.

책이 나오기까지 도움을 주신 이재철 교수님과 아낌없는 조언을 해주신 백일기 작가님, 그리고 아름다운 삽화를 그려주신 김만규 화백님께 고마움을 전합니다.

　끝으로 좋은 책을 만들어주신 도서출판 답게의 장소임 사장님께도 감사의 인사를 드립니다.

2023년 초겨울에

우철수

01_ 경험

"인생의 여행길에서는 길거리 장사꾼도, 마음씨 착하고 부지런한 농부도,

허세가 심한 사기꾼도 모두가 나의 스승이다."

고추 맛을 모르는 사람은 일반 고추를 먹고서도 맵다고 한다. 그러나 청양고추를 먹고 나면 진짜로 맵다고 한다.

미숙한 사람은 세상일에 미숙하여 고개를 숙이고, 성숙한 사람은 세상일에 성숙하여 고개를 숙인다.

흔한 욕도 먹어보아야 욕먹을 때의 곤혹스러움을 알고, 흔한 칭찬도 들어보아야 칭찬을 들을 때의 기쁨을 안다.

본 것과 들은 것은 지식이 되기 어렵지만, 직접 경험한 것은 지식이 되기 쉽다.

자신이 살지 못했던 인생을 알기 위해서는 그 인생을 살아온 자의 실상을 믿는 것이다.

좋은 글을 많이 읽는 것은 지식을 축적하는 것이고, 경험을 풍부하게 하는 것은 인격을 축적하는 것이다.

실물을 보고 공부하지 않으면 개를 늑대로 알고, 늑대를 개로 알게 된다.

남자는 여자의 마음을 이해하기 어렵고, 여자는 남자의 마음을 이해하기 어렵다. 그래서 부부의 삶은 언제나 힘들고 어려운 것이다.

내 지식이 아무리 훌륭해도 남의 지식을 배우러 갈 때가 있고, 내 집의 연장이 아무리 좋아도 남의 연장을 빌리러 갈 때가 있다.

강단 있는 부모는 자식도 강단 있게 키운다.

일을 해본 사람이 일하는 사람의 심정을 잘 알고, 일거리 없이 놀아본 사람이 놀고 있는 사람의 심정을 잘 안다.

유식한 눈으로 보면 원석을 원석으로 보고, 무식한 눈으로 보면 원석을 돌덩이로 본다.

인생을 먼저 살아온 사람은 젊은 사람의 눈빛만 보아도 그의 생각과 행동을 읽는다.

인생의 여행길에서는 길거리 장사꾼도, 마음씨 착하고 부지런한 농부도, 허세가 심한 사기꾼도 모두가 나의 스승이다.

인생 선배는 남다른 면이 있고, 사람을 통치하는 지도자 역시 남다른 면이 있다.

모르는 것이 많고, 부족함이 많은 만큼 불안하게 살아가는 것이 우리 삶이다.

사람은 어떤 상황을 겪지 않고는 그 상황을 이해할 수 없다.

지식보다는 상식, 상식보다는 경험이 실생활에서 능력으로 더 활용된다.

배우는 사람보다 가르치는 사람이 박식해야 제대로 가르치고, 종업원보다 사장이 많이 알아야 제대로 감독한다.

초보자는 불안해서 준비물을 많이 챙기고, 경험자는 필요한 준비물만 챙긴다.

사람들은 자신이 산전수전을 다 겪었다고 자랑한다. 하지만 경험이 많은 것을 자랑하기보다 그 경험을 어떻게 활용하는가가 더 중요하다.

능력은 눈에 익고, 입에 익고, 귀에 익고, 손에 익은 후에 발휘해야 깊은 맛을 낸다.

어떤 상황을 이해하지 못 한다는 것은 그 상황과 경지에 도달하지 못했기 때문이다.

인명을 경시하던 왕조시대가 지옥이라면, 인명을 중시하던 법치시대는 천국이다.

삶이 힘들어서 수녀원으로 도피했더니 수녀원의 삶이 고추보다 더 맵다고 한다.

어느 날 학급 친구가 낯선 곳으로 이사 가고, 어제까지 영업하던 점포가 밤사이 문을 닫고, 큰 회사가 부도로 고목처럼 쓰러지고, 다정했던 부부가 갑자기 이혼하고, 손자와 손녀가 조부모에게 맡겨지고, 이웃집 사람이 사업이 망해 하루아침에 길거리로 나앉고, 온 가족이 남남같이 뿔뿔이 흩어졌던 IMF 위기를 우리는 잊지 말아야 한다.

건강을 소홀히 하는 자는 하늘이 무너지고, 땅이 꺼지는 통보를 받고서야 후회한다.

기초가 부족하면 학교 공부도, 전문직 기능 분야도 성과를 내기 어렵다.

나이를 많이 먹게 되면 사람을 보는 눈이 신의 경지에 가까워진다.

사람은 인생 선배에게 많은 것을 배우고, 인생 후배에게 더 많은 가르침을 주면서 살다가 간다.

인생길에서 경륜은 힘든 삶을 이겨내고, 미래를 윤택하게 만들어가는 힘이다.

사람은 책을 통하여 시공간의 한계를 뛰어넘는 경험을 한다.

사람은 자신이 어려운 상황에 처해보아야 남의 어려움에 쉽게 공감할 수 있다.

사람의 주체적 행동 능력은 많은 진통과 경험에서 단련된 후에야 길러지는 것이다.

사랑을 먹고 자란 아이는 사랑의 힘으로 자라고, 눈칫밥 먹고 자란 아이는 눈치의 힘으로 자란다.

따뜻한 방에서 따스한 밥을 먹고 자란 아이는 부모의 고마움을 미처 깨닫지 못하지만, 차가운 방에서 식은 밥을 먹고 자란 아이는 부모의 소중함을 빨리 깨닫는다.

고통은 알고 당하면 아픔이 덜하지만, 모르고 당하면 더 크게 느껴진다.

인생을 바르게 살아온 사람은 후배에게 선배다운 면모를 반드시 보여줄 때가 있다.

부족하고 힘들었던 환경에서 자란 사람은 그렇지 않은 사람보다 일찍 철이 든다.

경험은 능력이 되고, 경험은 성공의 지름길이 된다.

고생한 사람은 많은 경험 덕에 깊이 있는 생각을 하지만, 편하게 산 사람은 경험 부족으로 깊이 있는 생각을 하기 어렵다.

02_ 꿈과 목표

"희망이 크고 의지가 강하면 고생을 두려워하지 않지만,

희망이 작고 의지가 약하면 고생을 두려워한다."

땅벌은 침입자의 목을 물고 끝까지 가족을 보호한다.

같은 꽃다발도 졸업식 때 주는 꽃다발과 결혼식 때 주는 꽃다발은 그 의미가 전혀 다르다.

감나무 주인은 감을 얻는 기쁨에서 정성껏 감나무를 가꾸고, 농우(農牛) 주인은 재산증식과 일을 시킬 목적에서 정성껏 소를 키운다.

마음을 다하는 자는 자신감을 잃지 않고, 열정을 다하는 자는 희망을 잃지 않는다.

희망이 크고 의지가 강하면 고생을 두려워하지 않지만, 희망이 작고 의지가 약하면 고생을 두려워한다.

뜨는 해의 광채에서 하루의 꿈을 키우고, 지는 해의 노을에서 하루의 결과에 감사한다.

하늘이 높은 덕에 인간의 꿈도 높일 수 있고, 세상이 넓은 덕에 인간의 꿈도 넓힐 수 있다.

사람의 시련과 고통은 원하는 위치에 오를 때까지의 반드시 거쳐야 하는 과정이다.

꿈은 준비하는 사람에게 기회를 주고, 재앙은 대비하는 사람을 피해간다.

기회는 목적이 확실한 데서, 진실한 데서, 최선을 다하는 데서 온다.

미래로 가는 길은 지금 결심하는 순간부터가 시작이다.

앞서가기 위해서는 남의 눈치도 봐야 하고, 남의 고통도 생각해야 하고, 남의 심정도 헤아리는 사람이 되어야 한다.

큰 결심을 하면 크게 행동하게 되고, 크게 얻게 된다.

하기 싫다고 하지 않으면, 하고 싶은 다른 것도 이루지 못한다.

정직하지 않고, 인내하지 않고, 공부하지 않으면 현재보다 훨씬 힘들게 살아야 한다.

역경은 인간이 얼마만큼 견디는지 알아보기 위해 신이 내린 시험의 첫 관문이다.

영광을 얻고 고생을 면하기 위해서라도 어느 정도의 고생은 이겨내야 한다.

온실 속 화초처럼 곱게 자란 사람은 시련을 이겨나가기가 참으로 힘들다.

사람의 삶이란 어렵고 힘들지라도 시간과 여건을 만들어 꿈을 이루어가는 과정이다.

주름진 옷을 펴는 데는 다림질로 해결할 수 있고, 주름진 인간의 마음을 펴는 데는 꿈이 해결책이다. 남다른 꿈과 희망이 있으면 힘들어도 꿋꿋하게 역경을 이겨낼 수 있다.

목표를 확실하게 가진 사람은 남의 말에 흔들리지 않는다.

자신의 희망이 여기까지라고 생각하면 그다음 희망은 끝난 것이고, 자신의 복이 여기까지라고 생각하면 그다음 복은 끝난 것이 된다.

꿈이 있어 즐거운 사람은 결과에 언제나 감사하는 삶을 살아간다.

마음의 준비가 안 된 자는 진실한 말을 해주어도 알아듣지 못하고, 기회가 주어져도 기회를 알아보지 못한다.

가정의 평화를 위해서는 두 번 참고, 인간관계를 원만히 하기 위해서는 세 번 참고, 대단한 일을 하기 위해서는 다섯 번도 참아야 한다.

미래를 아무런 준비 없이 사는 것은 위험한 일을 지식 없이 시작하는 것과 같다.

나의 기도를 들어줄 존재는 내 가까이서 나를 지켜보고 계신다.

꿈을 향해 도전하는 사람은 결국 성공하는 삶을 살게 된다.

절박한 상황은 돈이 해결해주고, 위급한 상황은 지혜가 해결해준다.

경제적 상황이 꼬이면 꿈을 이루는 데도 꼬여가고 고달픔이 시작된다.

희망은 용기가 받쳐줄 때 이루어지게 되고, 기적은 천운이 받쳐줄 때 이루어진다.

늦게 출발하여도 먼저 도착할 수 있는 것이 사람의 일이고, 지금 못되어도 더 잘될 수 있는 것이 사람의 능력이다.

미래를 내다볼 줄 아는 사람의 탁월성은 남다른 통찰력을 지닌 것이다.

인생 경주에서는 서려고 하지 않으면 넘어지고, 앞서려고 하지 않으면 뒤처지고, 배우려고 하지 않으면 지게 되고, 근면하지 않으면 빈곤해진다.

죽어가는 사람을 살리는 것은 명약이고, 사람들의 꿈을 살리는 것은 독서이다.

사람이 두 발로 걷는 것은 뛰어난 두뇌로 중심을 잘 잡았기 때문이고, 새가 하늘을 나는 것은 양쪽 날개를 활용하는 비행술을 지녔기 때문이다.

열두 길이 있어도 가지 않으면 자신의 길이 되지 않고, 여러 방법이 있어도 행하지 않으면 자신의 인생이 되지 않는다.

꿈꾸는 사람은 꿈의 결실을 보기 위해 더 힘껏 노력하고, 높은 자리에 오르려는 사람은 더 높이 디딤돌을 놓는다.

좋은 인품을 지닌 사람은 좋은 인품으로 자신을 성장시키고, 용감한 사람은 용감한 행동으로 자신을 성장시킨다.

정보는 꿈을 가진 사람에게 확신을 심어주고, 종잣돈은 기회를 만들어주고, 종자는 수확의 희망을 높여준다.

주먹이 강한 사람은 함부로 주먹을 사용하지 않는다.

사람의 꿈과 소망은 본인의 열정에 따라 접시꽃도 되고 망초꽃도 된다.

정보는 어제의 대단한 지식도 오늘이 되면 상식이 되게 하고, 내일이 되면 쓰레기로 만드는 힘을 갖고 있다.

사람은 이 세상에 한 번 살다가 가지만, 그렇다고 한 번의 각오만으로 살아가는 것은 아니다. 수만 번의 각오와 반성으로 살아간다. 그만큼 우리 인간의 존재는 고귀한 것이다.

인생이란 정해진 것이 아니라 자기 목표를 스스로 정하여 성취해가는 것이다.

사람이 알고 있는 지식과 그 지식을 실천하는 행동력은 별개의 문제이다.

희망도 꿈도 없는 황혼의 삶이 되면, 바람에 몸을 맡긴 나뭇잎 같은 신세가 된다.

충분히 알지 못하면 충분한 결과를 만들어내지 못한다.

오늘보다 나은 내일을 희망하거든 고통스러운 일이라도 지금 바로 시작하자.

인류는 미지의 분야에 도전함으로써 발전해왔다.

사람의 삶은 한 계단 두 계단 어렵게 쌓아가지만 망할 때는 일

시에 무너진다.

생활수준의 기대치를 높게 잡을수록 얻는 만족은 작고, 생활수준의 기대치를 낮게 잡을수록 얻는 만족은 크다.

사람의 일은 건강과 용기, 자본이 뒷받침되지 않고 이루어지는 일은 아무것도 없다.

내가 가보지 않은 길을 가면 만족을 얻고, 남이 가보지 않은 길을 가면 영광을 얻는다.

희망은 추진력을 키우고, 절망은 추진력을 꺾는다.

개인이 모인 조직 전체의 발전을 위해서는 개개인의 개성을 존중하는 일이 중요하다.

새로운 도전을 하면 알지 못했던 것을 알게 되고, 누리지 못했던 것을 누릴 수 있게 된다.

인류는 긍정적이고 창의적인 사고로 좋은 세상을 만들어왔다.

03_ 노력

"진심을 다해 찾지 않으면 십 년을 찾아도 찾지 못하고,
마음을 다해 일하지 않으면 백 년을 일해도 결실을 이루지 못한다."

인간다운 사람은 본받을 일을 많이 남기고, 아는 척하는 사람은 비난받을 일을 많이 남긴다.

사랑은 이해에서 시작되고, 기쁨은 노력에서 시작되고, 보람은 땀에서 시작되고, 신뢰는 진실에서 시작되고, 행복은 고통에서 시작되고, 부는 가난에서 시작되고, 따스함은 차가움에서 시작된다.

자기 의무를 다하는 사람일수록 핑계가 적고, 자기 의무를 다하지 못하는 사람일수록 핑계가 많다.

만족은 만족하고자 하는 자에게 오고, 부는 부자가 되고자 하는 자에게 온다.

주인 없는 것의 소유는 노력하는 자의 것이 되고, 미약한 지배력은 더 노력하는 자의 것이 된다.

사람은 공들이던 곳에서 얻고자 하던 것을 얻고, 마음에 두었던 곳에서 머물고 싶은 정착지를 정한다.

정직하고 성실하면 가치 있는 삶을 누리지만, 정직하지도 성실하지도 않으면 허망한 삶을 살게 된다.

진심으로 찾지 않으면 십 년을 찾아도 찾지 못하고, 진심으로 일하지 않으면 백 년을 일해도 결실을 이루지 못한다.

부지런한 사람은 밤낮의 구분이 따로 없고, 부지런한 새는 이른 새벽을 재촉한다.

남이 생각하지 않는 곳을 보아야 새로운 것을 발견하고, 남이 가지 않는 길을 가야 새로운 세계를 보게 된다.

일이란 하려는 사람도 못 말리고, 안 하려는 사람도 못 말린다.

능력으로 승부를 결정하는 세계에서는 언제나 훗날을 대비하는 삶을 살아야 한다.

내 능력을 키우면 나도 남도 고생을 덜 할 수 있지만, 내 능력이 부족하면 나도 남도 고생하며 살아야 한다.

초년의 공부는 윤택한 삶을 위한 기반이 되고, 만년의 공부는 삶의 가치를 높이는 기반이 된다.

먹고 싶다고 자꾸 먹으면 건강을 해치고, 먹고 싶어도 절제하면 건강을 지킨다.

음식 재료가 신선하면 음식 맛이 신선하고, 조리 과정이 특별하면 음식 맛도 특별하다.

신을 감동시키는 인간의 노력은 반드시 신으로부터 그만큼의 보상을 받는다.

맛있는 것일수록 멀리 두어야 아껴 먹을 수 있고, 쓰기 좋은 것일수록 깊이 두어야 낭비를 줄일 수 있다.

맛있는 과일에는 곤충이 먼저 찾아들고, 마음씨 착한 사람에게는 선한 사람이 먼저 모인다.

우여곡절 속에 핀 사랑이 더 빛나고, 우여곡절 속에 거둔 성공이 더 돋보인다.

진심 없이 되는 일은 없고, 힘 안 들이고 이기는 운동 경기는 없다.

하늘을 보고 기도하면 복을 얻고, 현장을 보고 노력하면 더 큰 소득을 얻는다.

원리를 알면 불필요한 논쟁이나 갈등을 피할 수 있고, 바른길을 알면 불필요한 시간과 고생을 피할 수 있다.

사랑의 매력을 아는 사람은 힘들어도 열정적으로 사랑을 하고, 일의 매력을 아는 사람은 힘들어도 열정적으로 일을 한다.

책 한 권을 읽고 나서 느끼는 것이 적거든 한 번 더 읽자. 그러면 느끼는 것이 많아진다. 같은 책을 세 번 읽게 되면 내용을 깊이 있게 알 수 있다.

사람의 의지와 노력은 열정에 따라 다른 결과로 평가받는다.

사람이 한때는 허덕이며 힘들게 살았어도, 노력을 거듭하면 크게 웃어가며 살 수 있다.

끊임없이 노력하면 원하는 것의 소유자가 된다.

큰일을 해낸 사람은 돈 많은 부자도, 머리 좋은 천재도 아니다. 일에 대한 강한 집념으로 질투와 모함을 극복한 사람이다.

신은 노력하는 자에게는 원하는 자리를 내어주고, 노력하지 않는 자에게는 원치 않는 자리를 내어준다.

쉽게 살려고 하면 삶은 힘들어지고, 힘들게 살기를 각오하면 삶은 쉬워진다.

거목 같은 큰 사람이 되기까지는 그만큼의 노력과 시간을 들여야 한다.

불안과 공포는 피하지 않고 맞설수록 쉽게 물러선다.

성공이 천 냥이면 열정은 팔백 냥이다. 농부가 힘든 노동으로 결실을 얻듯이 고통 없이 이룰 수 있는 일은 아무것도 없다.

열정은 맨손과 맨몸으로도 황무지나 망망대해에서도 성과를 낼 수 있는 강력한 힘이다.

사람이 참고 참으면 365일이 편하다. 하지만 가장 고통스러운 순간은 더 이상 참을 수 없는 상황에서도 참아야 할 때이다.

사랑은 추억을 만들고, 미움은 상처를 만든다.

정신적 노동은 분위기가 좋아야 능률이 오르고, 육체적 노동은 배가 불러야 능률이 오른다.

잘한 일에 대한 보상은 시간이 지나야 돌아오고, 잘못된 일의 대가는 즉각 즉각 돌아온다.

부부나 친구 사이에는 이미 사과한 일에 대해서는 다시 언급

하면 안 된다.

누군가의 즐거움과 행복을 위해서는 누군가의 노력과 희생이 따르기 마련이다.

어떤 일을 할 때 내 영향력이 클수록 내가 가고자 하는 쪽으로 기울고, 내 영향력이 작을수록 내가 가고자 하는 쪽에서 벗어난다.

내가 살아 있을 때 후세가 살아갈 터전을 준비하지 않으면, 새로운 세대가 살아갈 자리는 나무 한 그루 자라지 못하는 황무지가 될 것이다.

최선과 노력만이 완벽함에 이르는 길이다.

일을 혼자 너무 잘하면 주위 사람들로부터 정을 맞기가 쉽다.

내가 남에게 무덤덤한 자로 살게 되면, 남도 나에게 무덤덤한 자로 살아간다.

시련과 고통은 사람을 일찍이 철들게 하고, 성장하게 한다.

부부의 삶은 서로 상대에게 맞추어 사는 것이 현명한 길이고, 사회생활을 하는 데 있어서의 삶은 나를 사회에 맞추어 사는 것이 현명한 길이다.

쉬엄쉬엄 걸어도 목적지에 남보다 먼저 도착할 수 있고, 빨리 빨리 걸어도 목적지에 남보다 늦게 도착할 수 있다.

살아 있다는 것은 무언가를 생산하고 있는 상태를 의미한다.

노력과 과정이 훌륭하면 결과도 훌륭해야 한다. 결과 없는 과정은 아무런 의미가 없을 수 있다.

주도적 삶을 살면 즐거움과 보람을 느끼며 살아갈 수 있다.

실천하지 않는 사람에게는 기회도 주어지지 않는다.

04_ 부모님

"효도를 모를 때는 몰라서 못하고,

효도를 알 때는 늦어서 못한다."

자식은 뻐꾹새 구슬피 우는 봄이 되면 돌아가신 부모에게 효자가 되고, 사람은 인생의 낙엽이 지는 계절이 되면 살아온 날을 반성하게 된다.

사람의 일생은 한 부모의 자녀로 태어나서 행복을 추구하며 열심히 살다가 어느 한 자녀의 부모로 살다가 가는 것이다.

우리 조상은 나라 없는 설움에 울고, 배고픔에 울었다.

사람은 부모를 떠나보내는 마지막 길에서 부모의 고마움을 깨닫고, 가축은 주인을 떠나 죽음을 향하는 마지막 길에서 주인의 고마움을 느낀다.

효도를 모를 때는 몰라서 못하고, 효도를 알 때는 늦어서 못한다.

사람은 누구나 누군가의 자손으로 살고, 누군가의 조상으로 산다.

맑은 강물은 보기보다 깊고 힘차게 흐르고, 자식을 위한 부모의 사랑은 생각보다 훨씬 강하고 끈질기다.

아무리 노쇠하여도 부모는 부모이고, 아무리 미운 짓을 하여도 자식은 자식이다. 부모가 자식 일에 반대하고, 스승이 제자 일에 반대하고, 상사가 부하 일에 반대하는 것은 그럴 만한 확실한 이유가 있기 때문이다.

어머니의 사랑은 받으면 받을수록 더 받고 싶고, 아버지의 도움은 받으면 받을수록 더 받고 싶다.

자식이 어릴 때는 부모의 보살핌을 받고, 부모가 쇠약하면 자식의 보살핌을 받는다.

어머니가 없는 가정의 아이는 기가 죽어 자라기 쉽고, 아버지가 없는 가정의 아이는 버릇없이 자라기 쉽다.

부모는 자식 일에 대하여 겉으로는 항상 웃지만, 속으로는 걱정과 기도로 편할 날이 없다.

참된 부모, 진정한 부모는 자식을 위해서라면 자존심 같은 것은 쉽게 버린다.

자식다운 자식은 부모에게 언제나 감사한 마음으로 살아간다.

부모의 깊고 높은 은혜의 감정을 오래 간직하기 위해서는 언제나 자신이 처한 상황을 감사하며 살아야 한다.

자식이 병들고 외롭게 되고 나서 반성하게 되는 것은 부모에 대한 고마움을 그때서야 깨닫게 되기 때문이다.

자식이 부모를 위해서 돈을 많이 쓴다고 더 못살게 되는 것도 아니고, 자식이 부모에게 인색하게 군다고 더 잘살게 되는 것이 아니다.

부모는 긴긴 겨울밤에도 자식 잘되기를 기도하며 잠을 편히 이루지 못한다.

자식 중에 부모 안부를 걱정하는 자식이 있다면 그는 대단한 효자라 할 수 있다. 자식일 때는 내 배만 부르면 그만이지만, 부모가 되고 나면 자식의 배가 부르면 부모 배도 자동으로 부르다.

부모가 자식에게 크게 실망할 때는 자식이 부모보다 먼저 세상을 떠날 때이고, 자식이 부모에게 크게 실망할 때는 부모가 자식과의 약속을 지키지 않을 때이다.

옛날 우리네 아버지는 자신은 '괜찮다'라는 말로 힘든 자식을 위로하며 살았고, 옛날 우리네 어머니는 자신은 '배부르다'라는 말로 배고픈 자식을 책임지며 살았다.

자식은 어머니의 헌신과 아버지의 굳건한 의지로 성장한다.

부모는 자식을 위해서라면 무엇이든 아끼지 않지만, 자신을 위한 일이라면 무엇이든 아끼고 절약을 한다.

부모와 스승의 가르침에 충실했던 자는 모두가 성공했다.

부모다운 부모는 자식에게 못 해준 것을 가슴 아파하고, 자식다운 자식은 부모에게 못다 한 것을 가슴 아파한다.

05_ 사고

"가난의 이유가 그 사람 머리와

손과 발에 있는데도 그 사람은 그것을 알지 못한다."

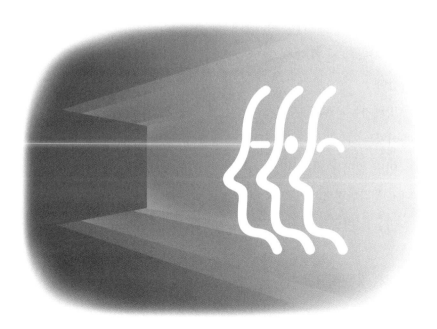

사람은 감동적인 승리나 크나큰 실패를 통해 사고의 전환을 하게 된다.

작은 도전에서 자신감의 그릇이 형성되고, 큰 도전에서 대범함의 그릇이 형성된다.

도움을 준 자는 도움을 주고도 좋은 평을 하고, 피해를 준 자는 피해를 주고도 나쁜 평을 한다.

천 사람은 천 가지 생각으로, 만 사람은 만 가지 생각으로 살아간다.

망해가는 사람도 새로운 결단으로 일을 시작하면 성공하고, 죽어가는 사람도 새로운 결단으로 행동하면 살 수가 있다.

어떤 일이든 가능하다고 생각하면 길이 보이지만, 불가능하다고 생각하면 길이 보이지 않는다.

마음을 바르게 가지면 어떤 상황에도 소신이 흔들리지 않는다.

모든 것은 필요에 따라서 가치가 달라지고, 보는 위치에 따라 다르게 보인다.

사람의 일은 감사함을 많이 가질수록 번창해지고, 감사함을 잊고 살수록 궁색해진다.

어떤 일을 할 때 즐거움을 되새기는 것은 그 일에 대한 애정을 키워가는 일이다.

오늘의 새로운 발상은 내일을 더욱더 발전되는 방향으로 이끈다.

목화솜 이불을 옆에 두면 덮지 않아도 따스함을 느끼고, 찬물 양동이를 옆에 두면 끼얹지 않아도 시원함을 느낀다.

큰 복을 많이 누리기 전에 남에게 많이 베풀고, 나눌 수 있어야 그 복을 지속시킬 수 있다.

고마웠던 분들에 대한 감사함은 나의 용기가 되고, 즐거웠던 날들에 대한 기쁨은 나의 행복이 된다.

젊을 때는 무언가를 갖고 싶은 마음이 앞서지만, 어른이 되고 나면 무언가를 주고 싶은 마음이 앞선다.

산삼의 겉모양이 볼품없다고 약 성분까지 나쁜 것이 아니듯이, 사람의 얼굴이 예쁘지 않다고 속마음까지 예쁘지 않은 것은 아니다.

희망이 보이면 무거운 것도 가볍게 느껴지지만, 희망이 사라지면 가벼운 것도 무겁게 느껴진다.

사람이 지혜로우면 지혜로워서 쓰일 곳이 있고, 힘이 좋으면 힘이 좋아서 쓰일 곳이 있다.

지혜는 사람을 훌륭한 인격자로 만들고, 큰 문제를 쉽게 해결하는 능력자로 만든다.

늘 감사하는 자세로 사는 사람의 삶에는 희망과 윤기가 흐른다.

옳은 것을 옳다고 말하고도 손해를 볼 때가 있고, 틀린 것을 틀렸다고 말하고도 손해를 볼 때가 있다.

사람은 자신이 선택한 하나의 길을 살아가지만, 그 하나의 길은 많은 이의 도움으로 살아가는 길이기도 하다.

출발이 좋으면 마음이 즐거워지고, 결과까지 좋으면 금상첨화라 할 수 있다.

하는 일에 자신감을 갖지 못하면, 결과 역시 만족스럽지 않다.

새로운 사고는 새로운 세상을 보게 하고, 새로운 희망을 품게 한다.

제품이 싸다는 것은 품질이 낮다는 것을 나타내고, 제품이 비싸다는 것은 품질이 좋다는 것을 나타낸다. 그러나 판매 전략에서는 이를 악용하여 제품에 가격을 턱없이 높여 놓기도 한다.

돈으로 고통받는 몸이 되면 세상 모든 것이 돈과 연결되어 보이고, 사업으로 고통받는 몸이 되면 세상 모든 것이 사업과 연관되어 보인다.

초보자일 때는 기대치가 낮아서 결과에 대한 원성이 적으나,

숙련자가 되면 기대치가 높아서 결과에 대한 원성도 높게 된다.

사람은 누구나 자기 기준에서 사물을 보고 판단하므로 어떤 일이든 말들이 많다.

인생이란 즐겁게 생각하고 살아가면 즐거운 것이고, 고통이라 생각하고 살아가면 고통이다.

친절한 말은 사람의 관계를 단시간에 가깝게 하고, 맛있는 음식은 사람의 관계를 천천히 무르익게 만든다.

사람은 세월이 흘러 늙어가고, 세월은 유수와 함께 흘러간다.

내가 희망을 버리지 않은 한 희망도 나를 버리지 않는다.

어떤 일을 할 때 뛰어난 생각을 해내는 것은 사고의 탁월성이고, 뛰어난 해결책을 제시하는 것은 통찰력의 탁월성 때문이다.

가난의 이유가 그 사람의 머리와 손과 발에 있는데도 그 사람은 그것을 알지 못한다.

엘리트는 자신이 완벽하며 최고라고 생각하는 순간부터 다른 사람의 좋은 의견도 수용하려 하지 않는다.

사람은 여러 종류의 꿈을 좇아 달려가지만, 그 꿈들이 힘들고 벅차면 색깔을 바꾸고 헐떡이다가 주저앉기도 한다.

눈에 보이지 않는 가치는 눈에 보이는 가치보다 크고, 눈에 보이지 않는 고마움은 눈에 보이는 고마움보다 진실하다.

사랑은 서로에게 즐거움을 주지만, 미움은 서로에게 상처만 준다.

게을리 살지 말고, 거짓말하지 말고, 남을 힘들게 하지 말고 살아야 한다.

진심을 담아 보내면 진심이 담겨 돌아오고, 실망을 담아 보내면 실망이 담겨 돌아온다.

인생을 비뚤게 사는 자는 남 탓만 하고 팔자타령만 한다.

정확함은 남거나 부족해도 안 되는 것을 말하고, 대충대충은 남거나 부족해도 되는 것을 말한다.

삶에는 만남과 이별의 희비가 있고, 경쟁에는 승리와 패배의 희비가 있다.

구성원의 의사에 반하는 결정은 구성원의 불신으로 역풍을 맞고, 시대의 흐름에 역행하는 결정은 시대적 요구로 역풍을 맞는다.

하지 말라고 하면 더하고 싶고, 하라고 하면 하기 싫은 것이 인간의 마음이다.

힘없는 사람과 외로운 사람이 마지막에 기댈 수 있는 것은 자신의 의지밖에 없다.

진심이 같은 수준이면 보내는 마음도 떠나는 마음도 섭섭함은 같은 법이다.

기울게 놓인 그릇에는 떨어지는 과일이 제대로 담기지 않듯이, 삶의 자세가 기울어진 사람에게는 우박같이 쏟아지는 복도 담기지 않는다.

도전하지 않는 자는 지금 그 자리에 그대로 머물 수밖에 없다.

만족과 행복을 아는 사람은 세상의 여러 좋은 일을 자신이 다 누릴 수 없음을 안다.

우리가 열심히 공부하는 것은 아는 만큼 안전한 삶을 누릴 수 있기 때문이다.

열정이 넘쳐서 일을 할 때 우리는 힘든 고생도 고생으로 느끼지 않는다.

보고 싶은 것만 보고, 듣고 싶은 것만 듣는 사람은 남들이 누리는 기회나 행운을 얻지 못한다.

06_ 성공과 실패

"위대한 사람은 '하면 된다'라는 것을
세상 사람에게 보여주고 증명한 사람들이다."

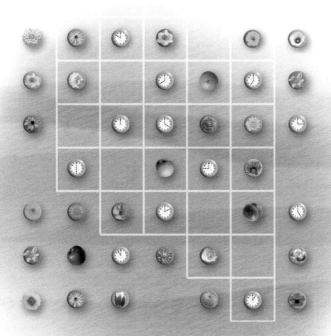

내가 열심히 살아갈 때, 남도 나를 열심히 응원한다.

목표 달성에는 할 수 있다는 믿음이 최고의 힘이다.

시대에 맞게 능력을 끊임없이 키우는 사람은 쌓은 것을 잘 지키고, 시대에 걸맞는 인재가 되기 위해 끊임없이 노력하는 사람은 명예를 잘 지킨다.

남에게 낭패를 안기는 자는 자신도 낭패를 당하고, 남을 즐겁게 하는 자는 자신도 즐겁게 된다.

성공한 사람은 남이 싫어해도 싫어하지 않았고, 남이 믿지 않아도 믿었던 자이다.

부유한 자로 살면 안전하게 살 수 있고, 편리하게 살 수 있다.

강한 것은 결국 부드러운 것으로부터 약해지고, 부드러운 것은 결국 강한 것으로부터 약해진다.

혼자 잘되기 위한 일에도, 다 같이 잘되기 위한 일에도 다른 사람의 도움이 필요하다.

정보를 알면 아는 만큼 유리한 위치에서 결정하고, 정보를 모르면 모르는 만큼 불리한 위치에서 결정한다.

이해심과 배려심이 많은 사람이 사람들을 잘 통솔한다.

빌릴 능력이 못 되는 사람은 갚을 능력도 못 되는 사람이다.

고통의 자리가 컸던 사람에게는 기쁨의 자리도 크게 마련이다.

사람을 키우는 사람은 남을 거느리는 삶을 살고, 사람의 필요를 해결하는 사람은 창조적인 삶을 산다.

지금 하는 일에 최선을 다하는 사람은 후회할 일을 줄이며 산다.

스스로에게 엄격한 CEO는 기업도 탄탄하게 경영한다.

세상에는 그 시대에 맞는 올바른 방법과 부당한 방법이 항상 공존한다.

사람은 누구나 부족함 속에 산다. 어느 부분의 부족함을 먼저 해결하느냐에 따라 인생의 판도가 달라진다.

죽기를 각오하는 자는 반드시 성공한다.

그 무엇을 성공하기 위해서는 그 무엇은 포기해야 한다.

때가 되면 바로 행동할 수 있게 준비된 사람으로 살지 않으면 기회를 잡을 수 없다.

가정은 가족 구성원의 사랑이 없으면 망하고, 국가는 국민의 단결이 없으면 망한다.

성공은 자신의 의지를 줄기차게 지켜온 행동의 결과물이다.

이론이 존중받는 일에는 실패가 있어도, 경험이 존중받는 일에는 실패가 없다.

실패하는 사람은 남의 장점을 본받지 않고, 남의 좋은 충고도 듣지 않는다.

성공의 요인은 남에게서 찾고, 실패의 요인은 나에게서 찾자.

사람은 언제나 건강하고 잘되길 바라지만 시대적 상황이 자신의 편을 들어주지 않는다.

고통을 이겨내는 삶을 살아야 오늘의 악조건이 내일에는 호조건이 된다.

오늘의 길이 힘든 눈물의 길이라면, 내일의 길은 희망의 길이고 기쁨의 길이다.

희망을 앞세우면 어떤 일도 두렵지 않지만, 불안을 앞세우면 어떤 일에서도 자신감을 찾지 못한다.

행복의 시작은 인간을 이해하고 삶을 편안하게 하려는 정신에서 시작된다.

공부 잘하는 사람이나 일 잘하는 사람보다 인간관계를 잘 맺는 사람이 훨씬 크게 성공한다.

성공하는 사람의 공통점은 일을 미루지 않고, 대범함이 넘치며, 자신의 신념을 굳게 믿고 추진해나가며, 고정 관념을 과감히 버리고, 시련과 고통도 긍정적으로 받아들인다.

쓰나미 같은 시련과 고통의 물결 속에서도 새로운 도전을 계속하지 않으면 해가 바뀌어도 달라지는 것은 없다.

사람의 운명은 우연에서 온 것은 없다. 반드시 필연의 결과로 온 것이다.

국민이 지도자를 잘 뽑으면 빈국을 세계 정상급 국가로 발전시키지만, 지도자를 잘못 뽑으면 국민이 매일 광장에 나가 집회만 하게 만든다.

낳아준 조상과 태어난 나라에 따라서 불공평한 대우를 받는 것이 현실이다.

힘들 때 떠난 사람은 어디를 가든 잘되기 어려워도, 힘들 때 남아있는 사람은 무엇을 하든 성공하게 된다.

상사의 불합리한 일에도 협조해야 살아남을 때가 있고, 회사의 불합리한 일에도 협조해야 살아남을 때가 있다.

사람은 누구나 완벽할 수는 없고, 누구나 허점을 가지고 있다.

가끔 실수하는 사람이 완벽한 사람보다 상대하기 편할 때가 있다.

누구에게나 성공의 기회는 주어지지만, 누구나 성공할 수 있는 것은 아니다.

도전하지 않으면 땀흘릴 일도 없고, 성공할 일도 없다.

지도자들은 잘했을 때의 칭찬보다 못했을 때의 책임을 더 크게 지운다.

인간관계는 너무 멀어도, 너무 가까워도 좋은 관계를 오래 유지하기 어렵다. 어느 정도의 안전거리가 필요하다.

위대한 사람은 '하면 된다'라는 것을 세상 사람에게 보여주고 증명한 사람들이다.

누군가 상황을 악화시키는 일을 멈추지 않고 지속한다면 결국 그도 당하고 나도 당하며, 극단적 조치를 하지 않으면 그도 죽고 나도 죽는다.

성공담에는 희비가 클수록 재미가 있고, 실패담에는 굴곡이 클수록 재미가 있다.

신은 인간을 키우기 전에 역량부터 키워준다.

기쁨의 전제 조건은 인내이고, 행복의 전제 조건은 고통이다.

시류에 맞게 상황이 돌아가면, 사람도 상황에 맞게 돌아간다.

07_ 고객

"고객은 자기가 잘 대접받는 것도 잘 알지만,

잘 대접받지 못하는 것은 더더욱 잘 안다."

생산자를 흐뭇하게 하는 것은 소비자의 칭찬이고, 소비자를 흐뭇하게 하는 것은 생산자의 진심이다.

기업의 대표가 고객에게 받는 신뢰는 무엇보다 고귀한 재산이다.

고객은 자기가 잘 대접받는 것도 잘 알지만, 잘 대접받지 못하는 것은 더더욱 잘 안다.

소비로 기쁨을 누리는 사람은 가난의 무덤을 파는 것과 같고, 절약으로 기쁨을 누리는 사람은 행복의 터전을 쌓는 것과 같다.

고객을 위하는 것이 기업의 발전을 위하고 종사원의 안정된 삶을 위한 길이다.

한 사람의 유망한 고객을 위해서 10km를 달려가고, 3시간을 달려갈 수 있어야 한다.

훌륭한 소비자는 업체의 손익을 충분히 고려하여 서비스의 수준을 요청한다.

마음과 행동에서 고객에게 여유로움을 보이는 업체에는 고객이 몰린다.

진심으로 고객을 생각하는 업체는 상품의 품질과 친절부터 남다르다.

소비자와 업체 간에 진실된 거래 관계에서는 소비자가 훨씬 많은 이로움을 업체에 제공한다.

여자는 자신이 먹을 맛있는 음식을 세 번만 기분 좋게 양보하면 내 편이 되고, 남자는 상대의 잘하는 장점을 세 번만 진지하게 칭찬하면 내 편이 된다.

단순한 고객은 현재를 보고 거래하고, 진정한 사업주는 먼 앞날을 보고 경영한다.

08_ 시간

"아무리 힘센 장사라도 세월 앞에서는 무력해지고,
아무리 절세미인이라도 세월 앞에서는 시들해진다."

시간은 사람의 고통을 해결하는 명약이고, 또한 사람을 사람답게 살게 하는 명의이다.

좋은 기회는 오래도록 기다려주지 않고, 탁월한 능력은 오래도록 유지되지 않는다.

인간의 운명이란 조금 먼저 태어나면 형이 되고, 조금 뒤에 태어나면 동생이 되며, 한 발 먼저 가면 승자가 되고, 한 발 뒤에 가면 패자가 된다.

젊어서 일 년 세월은 놀며 가도 일 년 걸리고, 늙어서 일 년 세월은 쏜 화살처럼 순식간에 가버린다.

금방 사귄 사람에게서는 참신함을 느끼고, 오래 사귄 사람에게서는 진득함을 느낀다.

쉬고 싶은 시간이 합리적이라면 쉬어야 한다. 그래야 다음 일을 능률적으로 수행할 수 있다.

인내할 줄 아는 사람은 고통의 시간도, 환희의 시간도 길지 않음을 알고 살아간다.

사람에게 가장 무서운 것은 세월이고 죽음이다. 사람의 힘으로는 어찌할 수가 없다.

시간이 부족하면 시간을 만들어야 하고, 능력이 부족하면 부족한 점을 채워야 한다.

글이란 현재와 시간적 거리가 클수록 현실감이 떨어지나, 역사 자료는 현재와 시간적 거리가 클수록 역사성을 지닌다.

사람 간에 일어나는 억울한 일은 시간이 지나면 다른 기회를 통하여 결국 보상을 받게 된다.

세월은 송아지를 어미 소로 키우고, 팽팽한 사람의 이마를 주름지게 한다.

산촌의 낮에는 태양의 위치가 시간을 짐작하게 하고, 산촌의 밤에는 부엉이 울음소리가 밤의 깊이를 가늠하게 한다.

아무리 힘센 장사라도 세월 앞에서는 무력해지고, 아무리 절세미인이라도 세월 앞에서는 시들해진다.

열정으로 사는 사람은 바쁜 일, 힘든 일 구분 없이 모든 일에 감사한 마음으로 임한다.

사람들은 나이를 속이지만 시간을 속여 살지는 못한다.

오늘은 나에게 주어진 최고의 시간이다. 지금 이 시간을 시작으로 그 무엇이든 이룰 수 있다.

09_ 신뢰

"신용은 변함없는 행동으로 만들어가는 것이고,
재산은 변함없는 열정으로 일으켜가는 것이다."

거짓이 판을 치는 세상에서는 사실대로 말해도 통하지 않고, 사실대로 행동해도 믿지 않는다.

신용이 막히면 거래가 막히고, 거래가 막히면 희망도 막힌다.

사랑은 행동하는 데서 다져지고, 신뢰는 지키는 데서 다져진다.

사기꾼은 완벽한 사기를 위해 굳은 악수를 청하고, 정직한 자는 진정한 신뢰를 위해 굳은 악수를 청한다.

통계치의 불신은, 대상은 하나인데도 조사기관과 조사방법이 다르기 때문에 생긴다.

처음부터 솔직하면 그 뒤 나머지는 신뢰를 받게 되고, 나중 몇 번을 솔직하면 지난 일도 서서히 신뢰로 발전한다.

신용 있는 사람이 돈이 떨어지면 돈을 빌릴 수 있지만, 신용 없는 사람이 돈이 떨어지면 돈을 빌릴 수 없다.

신용 없는 자의 말은 믿는 사람이 손해를 보고, 정직한 자의 말은 믿지 않는 사람이 손해를 본다.

이해관계가 개입되면 원칙이 무너지고, 원칙이 지켜지면 불평불만이 없어진다.

여유 있는 약속에서 여유로움이 묻어나고, 넉넉하게 나누는 인심에서 넉넉함이 묻어난다.

사랑은 사랑을 업고 성장을 하고, 신용은 신용을 업고 성장한다.

신용이 없는 사람은 일 년에 아버지 제사가 두 번이고, 장모 생신이 세 번이라고 속인다.

상대의 몸과 마음을 움직이는 것은 나 자신의 진심이다.

어려움 중에 지켜진 신뢰가 큰 관계를 맺게 하고, 큰 시련과 큰 고통에서 벗어나면 큰 기쁨이 밀려온다.

사람 중에는 지키지 못할 약속을 아이들 풍선껌 불듯 내뱉는 사람도 있다.

예측 불허의 미래이지만 믿을수록 나에게 힘이 된다.

의사를 못 믿으면 못 믿는 만큼 환자가 손해고, 야바위꾼을 믿으면 믿는 사람이 손해다.

신용이 없는 사람은 자기 옷의 재단 때와 남의 옷의 재단 때의 기준이 다르고, 줄 때와 받을 때의 말이 다르다.

진심을 보기 전과 진심을 보고 난 뒤의 신뢰는 전혀 다른 신뢰가 된다.

신뢰감을 주는 사람은 남이 불신하는 일도 믿고 살아가지만,

불신을 받는 사람은 남이 믿는 일도 믿지 못하고 살아간다.

진심으로 일을 하는 사람은 말수가 적고, 남에게 보여주기 위해 일을 하는 사람은 시끌벅적하게 소문을 내며 자기 과시를 한다.

옛날 선조들은 먹고살기 힘든 시대를 살면서도 대문을 열어놓고 지냈다. 그것은 이웃 간에 서로를 신뢰하는 믿음이 있었기 때문이다.

사람 간의 일은 정직과 신뢰로 만들어진다. 약속만 잘 지키는 삶을 살아도 상식적인 일들은 형통하게 풀린다.

신용은 변함없는 행동으로 만들어가는 것이고, 재산은 변함없는 열정으로 일으켜가는 것이다.

사람 관계에서는 신뢰가 무너지면 모든 것이 무너진다. 잘못된 일은 빨리 인정하고 사과할수록 확산을 방지하고 신뢰 회복에 도움이 된다.

신뢰를 못 받는 삶을 살면, 그 삶은 어디서나 고달프다.

진실 된 말에는 꾸밈도 화려함도 없지만, 사탄의 말에는 달콤함이 있다.

줄 것은 주고, 받을 것은 받는 깔끔한 거래가 신뢰를 구축한다.

순수하고 진심에서 나온 의견은 신뢰를 받고 현장에도 잘 반영된다.

말과 손짓으로 하는 호소로는 마음을 움직이지 못하고, 땀과 눈물로 하는 호소는 마음을 움직인다.

신은 인간을 믿지 못해도 인간은 신을 믿는다. 사소한 진심이 사람의 마음을 움직인다.

인간의 마음이 하루하루 변하면 신은 믿지 못해 복을 내리지 않지만, 인간이 꾸준한 신뢰를 보이면 신은 믿을 수 있기에 복을 내린다.

신용이 없는 사람은 일 년에 두 번도 못 지킬 약속을, 일 년을 하루처럼 지킬 듯이 말한다.

진실은 진실하기 때문에 더 큰 힘을 발휘한다.

가까운 날의 약속은 지키기 쉬우나, 먼 훗날의 약속은 지키기 어렵다.

신뢰가 가지 않는 사람 앞에서는 작은 보따리도 불안해서 풀지를 못하나, 신뢰가 가는 사람 앞에서는 온갖 보따리를 다 풀어도 불안하지 않다.

사람의 신뢰가 모이면 산도 옮기고 바다도 건널 수 있지만, 사람의 불신이 모이면 갈대밭도 못 오르고 냇물도 건너지 못한다.

신뢰는 이 사람 저 사람의 신용을 묶어서 좋은 일들을 만들어 간다.

나의 말이 행동과 일치하면 어디서나 즐거운 삶이 펼쳐지고, 나의 말이 행동과 불일치하면 어디서나 불행한 삶이 펼쳐진다.

장사란 제품만 판매하는 것이 아니라 신용도 함께 판매하는 것이다.

남을 실망시키지 않으면 내가 울고 살 일이 없다.

진실한 사람은 진실을 삶의 밑천으로 삼고, 사기꾼은 거짓을 삶의 밑천으로 삼는다.

사기꾼의 말은 달콤해도 버림을 받고, 그럴듯해도 버림을 받는다.

나의 미래는 내가 집중하고 열정적으로 임하는 만큼 풍요로워진다.

신뢰는 눈에는 보이지 않지만, 늘 사람과 사람 사이를 오고가고 있다.

신뢰는 결코 하루아침에 쌓을 수 있는 것이 아니다. 꾸준한 실천만이 좋은 결과를 보여준다.

내가 정직하지 못하면 신뢰를 얻지 못하고, 내가 겸손하지 못하면 존중을 받지 못한다.

진정한 마음과 사랑은 나중으로 가면 갈수록 아름답게 빛난다.

10_ 아름다움

"순수한 미인은 욕심을 버렸기에 오래 보아도 싫증이 나지 않지만,

화려한 미인은 욕심을 지녔기에 오래 볼수록 싫증이 난다."

아름다운 외모를 지닌 사람은 사람의 눈을 즐겁게 하지만, 아름다운 마음을 가진 사람은 사람의 심장까지 즐겁게 한다.

힘든 일을 열심히 하는 모습은 참 아름답다. 그 아름다움 속에는 진심이 들어있기 때문이다.

먼저 가려는 차가 있거든 빨리 비켜주자. 그 어떤 일로 인하여 다급한 상황일 수 있지 않겠는가.

아름다운 꽃씨를 심고 가꾸면 아름다운 꽃을 보게 되듯, 아름다운 꿈을 지니고 가꾸면 아름다운 결과를 보게 된다.

나의 삶을 관심 깊게 보아줄 사람은 많지 않지만 그래도 실망시키지 않기 위해서는 정직하게 살아야 한다.

한 마디 말로 사람에게 감동을 주는 것이 말의 탁월성이고, 한 줄의 글로 사람에게 감동을 주는 것이 글의 탁월성이다.

업종 중에 가장 아름답게 보이는 업종은 새벽을 여는 업종이고, 곡식 중에 가장 아름답게 보이는 곡식은 가장 우뚝 솟은 곡식이고, 많은 별 중에 가장 아름답게 보이는 별은 가장 밝게 반짝이는 별이다.

날이 새기를 재촉하는 새소리는 하루를 열심히 살고자 하는 다짐이다.

서로가 이해하며 사는 것은 참으로 보기 좋은 모습이고, 서로가 존중하며 사는 것은 참으로 아름다운 모습이다.

사람이 먹을 것이 귀한 때 이웃과 음식을 나누어 먹는 것은 어려울 때 서로서로 도움을 주고받기 위함이다.

개가 주인에게 사랑받는 가장 큰 이유는, 개가 주인의 처지에서 생각하고 행동하기 때문이다.

질그릇은 본래의 맛을 오래 유지하는 장점이 있고, 사기그릇은 산뜻하고 청결해보이는 장점이 있다.

자신을 진정으로 사랑하고 인정해주는 사람을 위해 여자는 일생을 바치고, 남자는 목숨을 바친다.

재산이 많은 사람이 좋은 일에 돈을 많이 쓰면 재산이 줄어드는 게 잘 보이지 않지만, 재산이 적은 사람이 돈을 많이 쓰면 재산이 줄어드는 것이 눈에 보인다.

인체는 부족한 영양은 받아들이고, 과다한 영양은 배출하는 일을 한다.

맛있는 음식도 데울수록 본래의 맛을 잃고, 곳간의 곡식도 묵힐수록 맛과 신선함을 잃는다.

부모와 자식 간의 사랑같이 대가를 바라지 않는 순수한 사랑이 진정한 사랑이다.

순수한 미인은 욕심을 버렸기에 오래 보아도 싫증이 나지 않지만, 화려한 미인은 욕심을 지녔기에 오래 볼수록 싫증이 난다.

다양함이 공존하는 곳에는 배려가 있고, 존중이 있고, 아름다움이 있다.

우두머리 수탉은 무리를 보호하고 배려하는 행동으로 존재감을 높이고, 집을 지키는 개는 주인에게 충성심과 복종으로 존재감을 높인다.

따뜻한 마음을 지닌 사람은 언제나 감사한 마음을 가지며, 감동적인 일에는 눈물도 많다.

사람 일에는 전진만이 능사가 아니라 일보 후퇴가 더 큰 아름다움과 가치로 남을 때가 있다.

사랑은 시작하기보다 지키기가 더 어렵고, 지키기보다 아름답게 마무리하기가 더 어렵다.

사랑은 가장 아름다움을 보이는 행동이고, 용서는 가장 인간다움을 보이는 행동이다.

언어는 눈에 보이지도 손에 잡히지도 않는 무형의 것이지만, 인간 생활에 대단한 편리성을 제공하는 보배이다.

애완견이 죽으면 이웃집 사람이 죽은 것보다 더 슬플 때가 있다. 애완견이 주인에게 가족처럼 사랑을 받았기 때문이다.

사랑이란 상대의 모든 행동이 예쁘게 보이다가 권태의 시기를 거쳐 미움에 바통을 넘긴다.

인연은 진실한 자와 맺어질 때 오랜 관계로 이어진다.

남을 즐겁게 하면 나도 즐거워지고, 남을 이롭게 하면 나도 이로움을 얻는다.

맛없는 음식을 먹을 줄 알아야 맛있는 음식을 더 맛있게 먹을 줄 알고, 멋없는 옷을 입을 줄 알아야 멋있는 옷을 더 멋있게 입을 줄 안다.

감사한 마음을 가지면 새로운 용기가 생기고, 겸손한 마음이 생기고 세상이 아름다워 보인다.

고향은 내가 태어나고 어린 시절 꿈을 키웠던 곳, 친구들과 뛰어놀던 곳, 부모의 사랑을 받고 자란 곳이기에 언제나 그리운 곳이다.

나쁜 행동은 한 번으로도 많으므로 미련 없이 버리고, 좋은 행동은 열 번으로도 부족하므로 계속해야 한다.

남녀 간의 사랑은 깊을수록 떨어지기 싫고, 영광된 자리는 권한이 클수록 권좌를 내려놓기 싫다.

사람은 무엇이든 인연이 되어 만났다가 때가 되면 떠나보내야 한다. 그 소중한 인연이 자신 곁에 머물 때 진심으로 사랑하고 아껴줄 필요가 있다.

사랑의 힘은 역경을 슬기롭게 이겨내도록 하는 무형의 위대한 조력자이다.

예전에는 나그네가 자신의 집에 하룻밤 묵고 가는 정도는 다반사였다. 이웃 간에 담 너머로 별미를 나누어 먹고, 설날 젊은 이들이 동네 어르신께 세배하러 다니던 풍습은 1980년대 이후부터는 사라져버린 전통이 되었다.

꽃은 눈으로 보는 즐거움이 있지만, 코로 향기를 맡는 즐거움도 있다.

오늘 하루도 주고 싶은 사람에게 감사의 선물을 주었으니 만족하고, 받고 싶은 사람에게 감사의 선물을 받았으니 만족하자.

돌멩이는 가을 곡식을 말릴 때 비닐 멍석 끝자락을 눌러놓는 데 요긴하고, 수수 몽당빗자루는 구석진 곳의 묵은 먼지를 쓸어내는 데 요긴하다. 세상에 쓸모없는 것은 존재하지 않는다.

참고 참다 보면 기쁨이 오고, 기다리고 기다리다 보면 새 세상을 본다.

11_ 욕심

"욕심을 줄일수록 넘어야 할 어려움도 줄고,
욕심이 커질수록 넘어야 할 어려움도 커진다."

많이 배우고, 많이 얻고, 많은 것을 이루려거든 겸손하자.

인심이 넉넉한 자는 손해되지 않는 삶을 살고, 욕심이 과한 자는 손해되는 삶을 산다.

높은 자리에 오르려는 자의 모습보다 스스로 물러서는 자의 모습이 더 보기 좋다.

일 잘하는 상사는 일 잘하는 부하를 키우고, 아부 잘하는 상사는 아부 잘하는 부하를 키운다.

좋은 아내라고 해서 모든 면에서 다 잘할 수는 없고, 좋은 남편이라 해서 모든 면에서 다 잘할 수는 없다.

그저 얻어먹으려고만 애쓰는 자는 남에게 돈 쓸 생각이 없고, 도움만 받으려고 애쓰는 자는 남에게 도움 줄 생각이 없다.

없는 사람에게는 쌀 한 되를 주어도 대단히 고마워하지만, 있는 사람에게는 쌀 한 말을 주어도 고마워하지 않는다.

전혀 현실성이 없는 꿈을 꾸면 그 꿈은 머지않아 허황된 것이 된다.

욕심이 과하면 얻는 것도, 누릴 행복도 잃게 된다.

임무를 주려면 임무에 따른 권한도 주어야 한다.

사랑에 목숨을 거는 새는 사랑 때문에 죽게 되고, 먹이에 목숨을 거는 새는 먹이 때문에 죽게 된다.

집념이 강한 사람은 자신의 성장을 자신이 보며 살지만, 집념이 약한 사람은 자신의 성장을 자신이 보지 못한다.

사람의 욕망은 배움의 끈도 이끌어주고 열정의 끈도 이끌어준다.

가진 사람이 더 갖게 되면 만족은 그리 크지 않지만, 못 가진 사람이 더 갖게 되면 만족은 대단히 크다.

적절한 겸손은 더 큰 이로움을 얻고, 적절한 의욕은 더 큰 결과를 얻는다.

인간이 갈망하던 것도 현실이 되지만, 인간이 우려하는 것도 현실이 된다.

뜨거운 열정은 사람을 어느 분야이든 최초의 인물로 만들고, 최고의 인물로 만든다.

불같은 집념은 길을 만들고자 하면 길을 만들고, 물길을 만들고자 하면 물길을 만든다.

글이란 내용을 충실하게 담을수록 가치를 지니고, 목재는 필요한 상태로 다듬을수록 가치를 지닌다.

사람은 언제나 건강할 것 같지만 그렇지 않고, 언제나 능력 있는 사람으로 살 것 같지만 그렇지 않다.

가진 재물이 많을수록 하고 싶은 것이 더 많고, 가진 재물이 없을수록 참아야 할 것이 더 많다.

욕심은 더 갖고 싶다는 욕망의 표현이다. 욕심이 지나치면 문제를 만들게 된다.

나는 세상을 편하게 살려고 하는데 세상은 나를 고통 속에 살게 하고, 나는 세상을 젊게 살려고 하는데 세월은 나를 늙게 한다.

원하는 것을 얻기 위해서는 비판과 설움을 참아야 한다.

돈거래가 정의로우면 신뢰와 존중을 얻고, 돈거래가 정의롭지 못하면 신뢰와 존중을 잃는다.

화폐란 사람 욕망의 해결사 역할을 하다 보니 사람을 웃게도 하고, 울게도 한다.

욕심을 줄일수록 넘어야 할 어려움도 줄고, 욕심이 커질수록 넘어야 할 어려움도 커진다.

강자는 불법적인 방법을 동원해서라도 강자의 자리를 지키려 하고, 약자는 불리함을 감수하면서도 강자의 길을 가려 한다.

합리적 욕심은 자신을 건강하게 하지만, 지나친 욕심은 불필요한 근심과 걱정을 만든다.

능력이 일을 지배하면 일이 즐겁고, 일이 능력을 지배하면 일이 괴롭다.

젊어서 가장 슬픈 것은 부족함이 많아 배우기 바쁘고, 늙어서 가장 서글픈 것은 남은 날이 얼마 없다는 것이다.

능력이 되면 두뇌가 먼저 움직이고, 실천에 앞장을 서고, 자신감이 의욕을 부추긴다.

세상은 넓고, 하고 싶은 일도 많다. 하지만 쉬운 일은 없다.

돈이란 쉽게 얻어지면 쉽게 나갈 길을 찾는다. 따라서 신중하고 겸손하게 돈을 대하면 돈은 나갈 틈새를 찾지 못한다.

가만히 있기보다는 어떤 일에라도 도전하면 몇십 배, 몇백 배의 이로움을 얻는다.

열정으로 일을 하면 일의 진척됨이 눈에 보이지만, 열정 없이 일하면 일의 진척됨이 눈에 보이지 않는다.

12_ 인간 행동

"하고자 하는 자는 할 수 있는 것으로 결론을 내리고,

하기 싫은 자는 할 수 없는 것으로 결론을 내린다."

끊임없이 더 편하게 살고 싶고, 무엇인가를 더 많이 소유하려는 것은 사람의 욕망일 수도 있고, 마음의 공허함 때문일 수도 있다.

세상은 실천력이 좋은 사람에 의해서 지배되고, 정치는 인간관계가 좋은 사람에게 맡겨진다.

사람은 남이 가는 길은 잘 보면서 자기 가는 길은 잘 보지 못하는 삶을 산다.

자신의 과거가 힘겨웠던 사람은 남을 이해하고 배려하는 삶을 실천한다.

내가 너무 조급해하면 상대가 나를 더 경계하고, 내가 지나치게 베풀면 상대가 나를 더 의심한다.

마음이 즐거운 사람은 즐거움으로 살지만, 고통이 극에 달한 사람은 죽지 못해 산다.

나그네가 물을 얻어먹고 가도 그 값을 하며 살고, 배고픈 자가 밥을 얻어먹고 가도 그 값을 하며 산다.

대화를 풀기 위한 대화에는 부드러운 말만 주고받고, 대화를 틀기 위한 대화에는 껄끄러운 말만 주고받는다.

자존심을 버리면 싸울 일도 막을 수 있고, 실패할 일도 막을 수 있다.

부모에게 의지하면 할수록 독립심이 약해지고, 신에게 의지하면 할수록 의지력이 강해진다.

사람은 아무리 입은 은혜를 열심히 갚아도 그 은혜를 다 갚지 못하며 살아간다.

나쁜 면을 크게 보면 부부로 살 수 없지만, 좋은 면을 크게 보면 부부로 살 수 있다.

사람 간의 일이란 가장 진실하고 절실할 때 큰 결과를 이룬다.

사람에게 힘이 있으면 힘으로 하는 것이 무섭지 않고, 돈이 있으면 돈으로 하는 것이 무섭지 않고, 실력이 있으면 실력으로 하는 것이 무섭지 않다.

농담은 너무 지나친 데서 문제를 일으키고, 작품은 너무 잘하려는 데서 문제를 일으킨다.

설득은 밑바닥에 흐르고 있는 문제의 핵심을 강조하기 때문에 호응을 얻는다.

열 가지 허물을 가진 사람이 한 가지 허물을 가진 사람을 비난하며 산다.

사람은 서로 통하는 만큼 비밀을 나누고 어려움을 나눈다.

삶의 자세가 된 자는 시작도 끝도 중요하게 생각하지만, 삶의 자세가 안 된 자는 시작도 끝도 중요한 것이 없다.

불평은 결과가 좋을 때는 문제가 되지 않지만, 결과가 나쁘면 문제로 떠오른다.

작은 사랑을 고마워하면 큰 사랑도 오지만, 작은 사랑을 가벼이 여기면 작은 사랑도 큰 사랑도 모두 오지 않는다.

힘들게 살아온 사람은 사람이 소중한 줄을 알고, 사람이 없는 산중에 사는 사람은 사람을 반긴다.

내가 이유 없이 상대를 발로 차게 되면 상대는 반격의 원인을 제공한 나를 발로 차게 된다.

하고자 하는 자는 할 수 있는 것으로 결론을 내리고, 하기 싫은 자는 할 수 없는 것으로 결론을 내린다.

내가 남을 해방시키면 나 자신도 해방이 되는 것이다.

사람은 어려움이 쉽게 해결되면 고마움의 수준을 낮추게 된다.

어떤 상황에 대한 선제적 조치는 피해를 줄이고, 이로움은 높인다.

약자의 작은 일은 강자의 큰일보다 더 어렵고, 없는 자의 작은 일은 있는 자의 큰일보다 더 힘들다.

세상의 강자들은 자신의 이익이나 안위와 관련될 때만 관여한다.

스포츠 선수에게 힘이 되는 것은 관중의 응원하는 목소리이고, 국민에게 힘이 되는 것은 정치인의 진정한 애국심이다.

달팽이가 등에 짐을 지고 다니듯, 사람도 고통과 괴로움의 짐을 지고 살아간다.

상사 중에 흠 없는 상사는 없고, 부하 중에 단점 없는 부하는 없다.

상대와 대화중에 딴짓을 하거나 말을 끊는 행위는 그만큼 기본에 못 미치는 사람이 하는 행동이다.

사람은 조용히 있다가도 물질을 나누기 시작하면 욕심 때문에 목소리가 높아진다.

내가 목마를 즈음이면 남도 목마르고, 내가 춥고 힘들 때면 남도 춥고 힘들다.

농부에게 논밭이 있어 일이 힘들지만 그 논밭이 없으면 살아갈 수 없고, 호랑이가 고산준령을 넘기를 힘들어하지만, 그 고산준령이 없으면 살아갈 수 없다.

나를 잘되도록 했던 격려와 조언의 감정은 십여 년을 가고, 나를 못 되도록 했던 원한의 감정은 평생을 간다.

젊어서는 내 삶을 보살피기도 힘들지만, 나이가 들면 남의 삶도 보살피며 살 수 있다.

좋은 일을 하고 사는 사람은 고향도 조상도 밝히면서 살지만, 나쁜 일을 하고 사는 사람은 고향도 조상도 속이면서 살아간다.

기회를 못 보는 자는 기회를 안겨주어도 날려버리고, 돈을 못 보는 자는 돈이 되는 일을 가르쳐주어도 믿지 않는다.

인생을 바르게 사는 자는 잘못된 삶이 될까 조심하고, 인생을 잘못 살아가는 자는 잘못이 드러날까 조심한다.

동반자를 잘못 만나면 사는 동안 힘들고, 이웃을 잘못 만나면 이웃하는 동안 고통이고, 이웃 나라를 잘못 만나면 자자손손 불행하다.

미운 자를 사랑으로 감싸 안으면 조용히 해결되지만, 미운 자를 폭력으로 다스리면 뒷일이 복잡해진다.

처신이 명확한 사람은 뒷일이 깔끔하지만, 처신이 바르지 못한 사람은 뒷일을 복잡하게 만든다.

사람은 지식 범위에서 지식을 행사하고 능력 범위에서 능력을 행사한다.

다정했던 관계도 껄끄러웠던 관계도 길게 가지 않는다.

피곤하여 쉬고 싶은 곳도 가정이고, 괴로운 일을 털어놓고 싶은 곳도 가정이다.

세상에는 좋은 일을 하고자 하는 데도 방해하는 자가 있고, 나쁜 일을 하고자 하는 데도 돕는 자가 있다.

추운 곳에서도 따뜻함을 느낄 수 있는 것이 사람의 온정이고, 더운 곳에서도 차가움을 느낄 수 있는 것이 사람의 냉정함이다.

어떤 상황을 판단할 때 한쪽 사람 말만 들어도 안 되고, 양쪽 사람 모두의 말을 들어봐야 한다.

일이 풀릴 때는 명주실 풀리듯 풀리고, 일이 꼬일 때는 꽈배기처럼 꼬인다.

고생도 한때이므로 참고 견디면 좋은 날이 있게 되고, 기쁨도 한때이므로 살다 보면 힘든 날도 있게 된다.

아내의 생각이 바르지 못하면 남편의 행동이 미워지고, 아내의 생각이 깊지 못하면 시어머니 말을 거스르게 된다.

인간관계를 잘하는 사람에게는 신뢰가 길을 열고, 인간관계를 못하는 사람에게는 불신이 길을 막는다.

사람이 오늘을 조심하며 살아야 함은 내일도 안전하기 위함이며, 날던 새가 쉬어감은 다음에도 안전하게 멀리 날아야 하기 때문이다.

사람은 남에게 행한 좋은 일, 나쁜 일을 누군가를 통하여 다시 돌려받는 삶을 살아간다.

사람은 이래저래 서로 거미줄같이 연결된 삶을 산다.

사람은 남이 보내는 응원을 바탕으로 힘을 얻고, 남이 보내는 신뢰를 바탕으로 성장한다.

남달리 친한 사람이나 가까이 있는 사람이 가끔 더 비협조적일 때가 있다.

내가 해야 할 일이 따로 있고, 내가 가야 할 길이 따로 있다.

마음이 없어서 사는 부부는 서로 남 보듯이 하며 살고, 어쩔 수 없어서 사는 부부는 자기주장만을 하면서 산다.

며느리가 시어머니 마음을 헤아려 행동하면 사랑을 받고, 시어머니가 며느리 마음을 헤아려 행동하면 존중을 받는다.

마음이 큰 사람에게는 해야 할 큰 사업이 눈에 보인다.

남의 고통을 나누기는 쉬워도 내 고통을 나누기는 어렵다.

약자들이 있는 곳에는 잔 다툼이 있고, 강자들이 있는 곳에는 큰 다툼이 있다.

세월 속에는 시대를 살아가는 모든 사람의 희망과 실망과 눈물이 함께 흐른다.

그 무엇을 주고 싶을 때 내 손으로 직접 주게 되면 후회할 일이 없지만, 재량권을 그냥 자유롭게 넘기면 후회할 일이 있게 된다.

덕을 베푸는 자는 온기를 발산하며 살아가고, 남을 해롭게 하는 자는 살기를 발산하며 살아간다.

사람은 서로 의지할수록 든든함을 느끼고, 든든함이 클수록 행복지수도 높아진다.

인간적으로 일을 처리하면 인간적으로 풀리고, 업무적으로 일을 처리하면 업무적으로 풀린다.

인생은 열악한 여건에서도 포기하지 않고 희망을 키워가는 것이다.

아는 자는 실수하지 않기 위해서 아는 것도 물어서 행동하고,

모르는 자가 잘 되기 위해서는 아는 자의 말을 새겨들어야 한다.

사람은 어렵고 힘든 일에서도 희열을 얻을 수 있다.

유식한 사람이 사람을 힘들게 할 때는 숨을 쉬게 하지만, 무식한 사람이 사람을 힘들게 할 때는 숨조차 쉴 수 없게 한다.

사람은 한평생 온갖 풍파를 겪고 산다.

두 명 이상이 하는 일에는 마음만 합하면 반드시 성공한다.

인체도 더위가 심해지면 체온조절을 위해 시원함을 추구하고, 추위가 심해지면 체온조절을 위해 따뜻함을 추구한다.

바쁜 길을 가든, 힘든 길을 가든, 올바른 길을 택해야 후회하지 않는다.

잘못을 솔직하게 인정하고 용서를 받으면 떳떳하게 살 수 있지만, 잘못을 솔직하게 인정하지 않고 처벌을 받으면 그때부터는 거짓된 삶을 살게 될 가능성이 많다.

종교는 인간을 인간답게 이끌지만, 인간은 그 종교의 가르침을 잊은 채 살아간다.

불을 가지고 놀다 보면 불을 내게 되고, 질그릇을 가지고 놀다 보면 결국 그릇을 깨뜨리게 된다.

인생은 사람답게 살기도 쉽지 않고, 짐승처럼 살기도 쉽지 않다.

말하는 사람이 신나면 듣는 사람도 신나고, 말하는 사람이 심각하면 듣는 사람도 심각해진다.

누군가와 대화할 때 나쁜 말은 생각하지 말자. 마음이 상하면 불쑥 내뱉게 된다.

위험한 흉기를 지니지 말자. 마음이 급하면 사용하게 된다.

사람에 대한 공정한 기회와 평가는 사람을 다루는 가장 올바른 기준이다.

경쟁자는 나의 가장 약한 부분을 파고들고, 적은 나의 가장 약한 부분을 공격한다.

사람의 몸은 언제나 편하고 쉬운 길을 좋아한다. 하지만 그런 길을 가다 보면 손해를 보거나 망하게 된다.

지식인에게는 지식이 사람을 성숙하게 하고, 부자에게는 물질이 사람을 성숙하게 한다.

사람은 자존심 관리를 못 해서 자신을 난처하게 만들고, 자신의 부족한 점을 채우지 못해 잘난 사람의 뒷자리에 앉는다.

조건 없는 사랑은 나를 실망하지 않게 하고, 조건 없는 후원은 나를 후회하지 않게 한다.

검소와 절약은 사람을 건전하게 만들고, 허영과 낭비는 사람을 비참하게 만든다.

열심히 사는 사람의 주위에는 열심히 살아가는 또 다른 사람이 있고, 게을리 사는 사람의 주위에는 게을리 살아가는 또 다른 사람이 있다.

사람은 정성에 따라서 작은 일에도 큰 것 못지않게 감동한다.

싸움을 말릴 때는 양쪽을 같이 말려야 한다. 그래야 어느 한쪽이 속상해하지 않는다.

업주가 종업원의 임금을 인색하게 책정하면 종업원은 업체의 생산제품에 대해 분풀이를 한다.

자신의 언짢은 일로 남에게 불쾌한 표정을 보이는 것은 성숙한 사람의 행동이 아니다.

한 번 말해서 행동이 고쳐지지 않는 사람은 세 번 네 번 말해도 고쳐지지 않는다.

몸이 병들면 꿈도 포기하고, 하던 일과 열정도 포기한다.

누군가에게 고마운 일을 베풀면 감사함으로 돌려받고, 배신했던 행위는 배신으로 돌려받는다.

지금의 나는 과거의 내가 행한 결과이고, 미래의 나는 오늘 내가 행한 결과이다.

준비 없는 삶을 살다 보면 작은 위기에도 크게 무너진다.

인간관계 속의 장점을 내 것으로 만들어야 상위 그룹의 품격을 유지한다.

덕망이 높은 종교인의 무게감 있는 말씀에는 자동으로 고개가 끄덕여진다.

사람의 말에는 마음이 담기고, 사람의 눈물에는 진심이 담긴다.

죽음에 대하여 슬퍼하는 것은 그 대상을 영원히 볼 수도, 관계를 다시 맺을 수도 없기 때문이다.

젊을 때는 마음과 몸이 같이 움직이지만, 늙으면 마음과 몸이 따로 움직인다.

젊어서는 남의 잘못된 행동에 미움이 앞서지만, 늙어서는 남의 잘못된 행동에 관용을 베푼다.

그 집에 가서는 그 집에 맞는 칭찬을 하고, 그 집의 말을 부리면서 남의 집 말을 칭찬하지 말아야 한다.

정성을 담아 말하고 행동하는 사람은 어디서나 귀한 대접을 받으며 살게 된다.

사랑이 넘치고 여유로운 사람은 관대함도 자연스럽다.

사람의 마음이란 보여주려고 할 때는 무관심하지만 감추려고 하면 보고 싶다.

남을 무시하면 무시한 만큼 손해를 보고, 남을 존중하면 존중한 만큼 이득을 얻는다.

긍정적인 사람은 상대가 이러저러한 이유로 같이 일하기 좋다고 하고, 부정적인 사람은 상대가 이러저러한 이유로 같이 일하기 싫다고 한다.

어설픈 능력자는 자기주장이 강하지만, 통달한 능력자는 자기주장이 강하지 않다.

협상은 어느 한쪽이 일방적으로 이롭거나 손해나는 상황을 막아준다.

고마움을 감동으로 받을 줄 아는 사람은 즐거운 삶을 사는 사람이고, 비난을 큰 웃음으로 받을 줄 아는 사람은 대범한 삶을 사는 사람이다.

사람은 보잘것없는 권한을 지니고도 횡포를 일삼지만, 신은 무한대의 능력을 지니고도 인간에게 자애롭다.

공정한 일 처리에는 신뢰가 따라붙고, 불공정한 일 처리에는 불신이 따라붙는다.

거래의 기본은 받고자 할 때 주고, 주려고 할 때 받는 것이다.

평화로운 상황은 사람을 행복하게 하고, 급박한 상황은 사람을 긴장되게 한다.

사람이 여우처럼 처신하면 여우 별명을 얻고, 능구렁이처럼 처신하면 능구렁이 별명을 얻는다.

'고맙습니다', '감사합니다', '미안합니다'라는 말을 많이 사용하는 사람일수록 인생을 향기롭게 살아가는 사람이다.

모든 일에 자신 있게 앞장서는 사람은 책임과 원망을 두려워하지 않는 자로, 장차 지도자가 될 사람이다.

젊을 때는 친구들과 큰 꿈을 키우며 일을 만들어가고, 나이가 들어서는 꿈을 줄이며 즐길 일을 만들어간다.

뛰려고 하는 자만이 뛰게 되고, 잘하려고 하는 자만이 잘하게 된다.

세상을 보는 눈은 지식과 경험을 기반으로 판단한다.

아내는 남편의 관점에서, 남편은 아내의 처지에서 생각하고 행동해야 가정이 화목하다.

사람은 자신이 잘하는 분야의 능력을 키우고, 자신이 잘하는 장점으로 그 능력을 표현한다.

여성은 남성이 보지 못하는 한 발 뒤를 바라보고, 남성은 여성이 보지 못하는 한 발 먼 곳을 보고 간다.

세월은 흐르고 지식은 변해도 사람의 인성은 변하지 않는다. 그래서 젊은 사람의 인성을 보고 장래를 예측하게 된다.

젊을 때는 긴 세월로 느끼지만 살아보면 잠시 잠깐인 것이 인생이다.

인생사에는 숨 가쁜 오르막이 있으면, 쉽게 가는 평탄한 길도 있다.

억울함을 바로잡고자 하는 자에게 세월은 법보다 더 큰 신뢰의 힘이 된다.

나에게는 하루빨리 버려야 할 습관이 있으나, 남에게는 하루빨리 배워야 할 습관이 있다.

가까이 있으면 누구보다 자세하게 듣게 되고, 현장에 있으면 누구보다 정확히 실상을 본다.

인생에는 패기와 열정으로 자신의 주장을 세울 때가 있고, 이해와 용서로 타인을 보듬을 때가 있다.

사람은 사랑과 칭찬을 주고받으며 살아야 한다.

좋은 습관은 길들이기도 힘들지만 나누어 갖기도 힘들다.

젊을 때의 용기와 혈기는 가능성을 위한 가장 든든한 힘이 된다.

사람에게는 살아 있을 때의 칭찬보다 죽은 후에 눈물을 흘려주는 자가 더 고맙다.

세상일은 언제나 문제의 연속이다. 그것은 대부분 약자의 손해로 마무리된다.

직장을 옮겨도, 이사를 해도 그 사람의 이미지는 항상 따라다닌다.

옆 사람이 모르는 것은 아는 사람이 가르쳐주는 것이 함께 살아가는 순리이고, 아랫사람이 모르는 것은 윗사람이 가르쳐주는 것이 함께 살아가는 순리이다.

사람은 보고 싶은 사람만 만나고, 먹고 싶은 음식만 먹으려 한다.

젊을 때는 모르면서도 아는 척하고, 어른이 되어서는 알면서도 모르는 척한다.

경지에 이른 사람일수록 말이 부드럽고, 행동에 여유가 느껴지고, 인격에 무게감이 느껴진다.

훌륭한 친구는 친구가 잘 되는 데 도움이 되고, 나쁜 친구는 친구가 잘못되는 데 도움이 된다.

친구는 못 만들지언정 원수는 만들어서는 안 된다.

세상에는 자존심을 버리고 성공하는 자보다, 자존심을 세우려다 망하는 자가 훨씬 많다.

인색하게 처신하면 인색함이 되돌아오고, 후덕하게 처신하면 후덕함이 되돌아온다.

돈 많은 사람일수록 명품을 자랑하고 싶고, 능력이 될수록 고난도의 실력을 뽐내고 싶다.

평범한 사람 주위에는 평범한 사람이 많고, 잘난 체하는 사람 주위에는 비난을 받는 사람이 많다.

일방적으로 주기만 하거나 받기만 하는 관계는 오래 지속되기 어렵다.

자신의 인생이 저무는 해처럼 기울면 허무함과 서글픔에 물들게 된다.

사람이 극한 상황을 맞이하면 기발한 생각과 특출한 행동력을 보일 때가 있다.

사람은 자기중심적 이로움을 쫓아 처신하기 때문에 끝없는 대립과 갈등을 일으킨다.

사랑은 시간이 지날수록 열정이 식어 가지만, 쌓인 정은 시간이 지나도 식지 않는다.

사람다운 사람은 모든 잘못을 자신의 탓으로 돌리지만 부족함이 많은 사람은 남의 탓으로 돌린다.

최대의 경청이 상대방에 대한 최대의 존중이고 최대의 응원이다.

간절히 바라는 사람은 태산 같은 고통도 두려워하지 않는다.

자살해서 해결될 문제는 살아 있어도 해결할 수 있는 문제이다.

나이를 먹을수록 건강한 것에 감사하고 살아 있는 것에 감사하자.

고양이가 발톱을 숨기듯 자기의 약점을 숨기고 진행한 일은 반드시 숨긴 만큼 부작용에 시달린다.

신중한 사람은 하는 일마다 지켜보는 사람을 안심되게 하고, 거들먹거리는 사람은 하는 일마다 지켜보는 사람을 불안하게 한다.

쓰레기의 분리배출 상태를 보면 가정 살림 상태를 알 수 있고, 농장 배수로 관리를 보면 농부의 마음가짐을 알 수 있다.

존중하는 정도에 따라 인사하는 태도가 달라지고, 고마운 정도에 따라 보답하는 정성이 달라진다.

순간의 화를 참지 못하면 훌륭한 일을 하고도 미움을 받는다. 대인관계에서 감정조절은 일 잘하는 것 못지않게 중요하다.

기분을 좋게 하려고 과음이나 과식을 습관화하면, 평생 안고 가야 할 질병을 만드는 계기가 된다.

웃는 얼굴에는 근심과 불안과 가난이 없고, 사랑과 희망과 기쁨만 보인다.

사람을 기쁘게 하는 사람은 다음에도 같은 방식으로 사람을 기쁘게 하고, 사람을 실망시키는 사람은 다음에도 같은 방식으로 사람을 실망시킨다.

상대에게 잘하려고 노력하는 것보다 실수하지 않게 조심하는 것이 더 중요하다.

내가 중심을 잡지 못하고 흔들리면 나와 관련된 다른 사람도 흔들리게 된다.

소신을 키워야 능력을 키우고, 능력을 키워야 결과를 도출한다.

우체부가 전하는 좋은 소식은 편지 수백 통도 가볍게 느껴지지만, 나쁜 소식은 편지 한 통도 무겁게 느껴진다.

잘못을 인정하는 사람은 문제를 풀 수 있으나, 잘못을 인정하지 않는 사람은 문제를 일으킨다.

남편이 가정을 망치는 원인은 책임감 부족과 게으름과 낭비벽 때문이고, 아내가 가정을 망치는 원인은 낭비와 허영과 끊임없는 잔소리 때문이다.

사람을 키우는 방법은 잘하는 부분을 칭찬하고, 용기를 북돋아줌으로써 실수를 줄이도록 하는 것이다.

헝그리 정신은 안 되는 일도 되게 하고, 위축된 심리상태는 될 일도 안 되게 한다.

사람은 더 많이 소유하려는 욕심 때문에 세상을 부패하게 만든다.

무식한 자로 살면 유식한 자의 머슴에게도 무시를 당하고, 못 가진 자로 살면 가진 자의 머슴에게도 무시를 당한다.

마음과 몸이 다르게 움직이는 상황은 그 일을 하지 말라는 뜻이다.

생각에 힘이 실리면 목소리가 커지고, 목소리가 커지면 행동이 힘차게 된다.

자신을 위하여 우정을 바칠 진정한 친구 세 명이 있으면 인생을 잘 살아온 사람이다.

큰 권한을 가진 자가 바르게 권한을 행사하면 큰일을 이루고, 나쁘게 권한을 행사하면 큰 잘못을 만든다.

감사하는 마음을 가진 사람은 자신을 감사하는 사람으로 길들이고, 인색한 마음을 가진 사람은 자신을 인색한 사람으로 길들인다.

젊어서는 대가를 바라며 사랑을 베풀고, 나이가 들어서는 대가 없이도 사랑을 베푼다.

남의 눈을 의식해서 행동한 결과와 진심으로 행동한 결과는 크게 다르다.

양심 있는 자의 큰 실수는 자기 자신을 더 힘들게 하고, 양심 없는 자의 큰 실수는 주위 사람을 더 힘들게 한다.

모를 때는 알고 있는 사람에게 묻거나 배우는 것이 최상의 지름길이다.

인생이란 평생을 긴장해시 달려야만 하는 장거리 마라톤
이다.

물건을 모으다 보면 불필요한 것도 모으고, 물건을 치우다 보
면 치워서는 안 될 것도 치운다.

어린 시절에는 몰랐지만, 어른이 되어서 알 수 있는 것이 인생
의 의미이다.

세월이 너무 빠르다는 것을 느낄 즈음이면, 반성하게 되는 날
도 후회되는 날도 많다.

힘의 격차가 많이 벌어지면 약자는 차별도, 강요도, 굴욕도 당
연한 것으로 받아들이게 된다.

칭찬을 받는 사람은 주위 사람들의 기대에 부응하기 위해서
도 열정을 다하게 된다.

후배가 올바른 길로 가도록 선도함은 사랑의 힘이고, 친구가
올바른 길로 가도록 인도함은 우정의 힘이다.

산속의 계곡물 소리와 솔바람 소리를 들으며 살아온 사람은
언행이 부드럽고, 넓은 바다를 보며 살아온 사람은 생각하는 폭
이 넓다.

친한 사이에도 보이지 않는 시기와 질투가 내재하지만, 그것
을 전혀 의식하지 않게 되는 친구가 진정한 친구이다.

예의 바른 행동만큼 설득력을 얻는 것은 없고, 직설적인 행동

만큼 즉각적인 것은 없다.

말은 진심을 담는 데서 힘을 얻고, 행동은 크게 하는 데서 힘을 얻는다.

젊을 때는 자신의 만족부터 생각하지만, 나이가 들면 다른 사람의 만족부터 생각한다.

오만할 때를 제외하고는 삶이란 쉽다고 느낄 때가 한 번도 없다.

마음이 아름다운 사람은 꽃보다 더 아름답다.

그렇게도 보기 싫던 사람에게도 감사하고 고마움을 느낄 때가 있다.

실수와 잘못을 고치려 하지 않는 사람은 죽을 때까지 부족한 사람으로 살아야 한다.

지금이 힘들다 하여 포기하면 어려움에서 영원히 벗어나지 못한다.

사랑이 부족한 사람에게는 긍정심이 부족하고, 책임감이 부족한 사람에게는 신뢰성이 부족하다.

원효대사의 굳은 의지도 요석공주의 집념에 무너지듯, 남자는 여자의 눈물 때문에 인생이 바뀔 수 있다는 것을 알아야 한다.

13_ 일

"일 모르는 사람은 일을 배워가면서 성장하고,
일 잘하는 사람은 남을 가르쳐가며 성장한다."

성의 없이 남을 도우면 남도 속상하고, 나도 비난을 받는다.

나무를 쪼개려거든 나뭇결을 따라 쪼개고, 바람을 타는 일이라면 풍향을 따라 일을 하자.

약자를 위해서 돈을 쓰고 나면 보람이 있고, 약자를 위해서 시간을 할애하면 기쁨이 있다.

어떤 일로 인해 이득만 얻을 것 같아도 피해를 보는 점이 있고, 어떤 일로 인해 피해만 볼 것 같아도 이득이 되는 점도 있다.

실매듭을 너무 어렵게 하면 풀 때 힘들듯이, 일을 너무 어렵게 하면 풀 때 힘들다.

부하 직원과 일하다 보면 자신감이 없는 열 명보다 사명감 있는 한 명이 훨씬 소중할 때가 있다.

일을 모르는 사람은 일을 배워가면서 성장하고, 일 잘하는 사람은 남을 가르쳐가며 성장한다.

인정을 나누면 새로운 정이 그 자리를 메우고, 옹달샘의 물을 퍼내면 솟는 샘물이 그 자리를 채운다.

일이란 내 입장에서 보면 내 일이 더 중요하고, 남의 입장에서 보면 남의 일이 더 중요하다.

내 욕심을 다 채우려고 하면 다른 사람 마음을 서운하게 한다.

일이란 처음부터 바로 해야지, 그렇지 않으면 일을 그르치기 쉽다.

무거운 짐을 진 자에게는 작은 도움도 큰 위안을 얻고, 부족한 자에게는 작은 도움도 큰 힘이 된다.

자신 없는 사람은 넘어지는 나뭇가지 끝을 잡고, 자신 있는 사람은 넘어지는 나무의 몸통을 잡는다.

먹을 것을 다루는 사람은 굶주릴 일이 없고, 입을 것을 다루는 사람은 헐벗을 일이 없다.

평소에 좋은 일을 많이 하면 죽을 상황에서도 살아남게 되고, 평소에 나쁜 일을 많이 하면 살아날 상황에서도 죽게 된다.

남의 일도 내 일처럼 정성으로 도우면 나에게 좋은 일로 돌아온다.

복잡한 일은 맑은 아침에 시작하고, 큰 힘이 드는 일은 적절한 상황에 시작하자.

사람의 운명은 방향을 잡는 쪽으로 향하고, 수레 위의 짐은 무거운 쪽으로 기울게 된다.

필요는 사람과 사람을 서로 이어주고, 일과 일을 이어준다.

정성을 들이고 힘을 들이는 일에는 기쁨이 돌아오고, 서러움과 괴로움을 참으면 행복한 날이 돌아온다.

일을 일단 시작해 놓으면 마무리할 실마리를 찾을 수도 있다.

일에 열과 성을 다하면 일의 지름길이 보인다.

쇠가 뜨거울 때 원하는 모양으로 더 쉽게 만들어지듯, 일에 대한 열정이 뜨거울수록 원하는 일이 더 쉽게 이루어진다.

곡선을 멀리서 보면 직선으로 보이듯이 잘못된 일도 멀리서 보면 무난한 듯 보인다.

버팀목이 쓰러지면 중심목도 쓰러지고, 중심목이 쓰러지면 모든 것이 쓰러진다.

사람은 가장 절박할 때 가장 올바른 길을 볼 수 있다.

붓이 부드럽지 못하면 글씨가 매끄럽지 못하고, 문제 해결력이 부족하면 결과가 매끄럽지 못하다.

대단히 중요한 일에는 공개된 얼굴보다 공개되지 않은 얼굴이 의사 결정에 더 큰 영향을 미친다.

큰일은 절대적 필요 때문에 시작되고, 이슈는 대중의 공통된 생각에서 시작된다.

돈이란 필요를 해결하기 위한 필수 요소이고, 일이란 목적을 이루기 위한 해결책이다.

최악의 상황에서는 더 나빠질 여지는 없고, 최고의 상황에서는 더 좋아질 여지란 없다.

여럿이 하는 일에는 비난 받을 각오로 앞장서는 사람이 있어야 일의 추진이 잘된다.

벌목 시 남향 나무는 남향에 맞게, 북향 나무는 북향에 맞게 방법을 다르게 해야 일의 능률을 높일 수 있다.

일꾼다운 일꾼은 말없이 일하지만, 게으른 일꾼은 입으로 일을 한다.

남의 귀찮은 일을 내가 도와주면, 나의 힘든 일을 남들이 도와준다.

전문가의 일 처리는 체계가 있으나, 비전문가의 일 처리는 체계가 없다.

대단한 일을 이루는 데는 적절한 때가 있고, 적절한 인물이 있다.

달리는 수레를 세우면 출발이 힘들어지고, 논밭의 잡초를 설죽이면 잡초가 살아나서 일거리가 더 많아진다.

일의 장점 반대편에는 단점이 있고, 일의 단점 반대편에는 장점이 있다.

세상일에는 불평할 일도 끝이 없고, 감사할 일도 끝이 없다.

그때 상황 그 나이 때는 그것이 옳고, 지금 상황 지금 나이 때는 지금이 옳다.

일이란 긍정적인 사람 눈에는 되는 길만 보이고, 부정적인 사람 눈에는 안 되는 길만 보인다.

일의 고통은 실무자가 안고 가는 고통이고, 가난의 고통은 구성원 모두가 안고 가는 고통이다.

사랑하는 것도 내 마음처럼 안 되고, 사랑받는 것도 내 마음처럼 안 된다. 세상에 내 마음처럼 되는 일은 아무것도 없다.

트로트 가요는 꺾이는 부분에서 즐거움을 맛보고, 인생은 고통이 풀리는 데서 보람을 느낀다.

큰 조직일수록 정보 공유와 상호협력을 강화함으로써 큰 효율을 얻을 수 있다.

표현이 부족한 자의 말은 길고, 능력이 부족한 자의 일은 군더더기가 많다.

음식은 조리 시 온도를 높여야 맛있는 음식이 있고, 온도를 내려야 맛있는 음식이 있다.

일의 즐거움이란 온갖 방법을 동원하여 해결함으로써 얻어지는 결과에 대한 기쁨이다.

나그네의 길에 희망의 길이 있고 실망의 길이 있듯이, 농부의 가을 추수도 풍작이 있고 흉작이 있다.

사람은 누구나 이런저런 책임이 있다. 따라서 이런저런 권한도 있다.

하고자 하는 자의 열정과 결과물은 비례한다.

나를 위한 일이든 남을 위한 일이든 귀찮고 힘들다 하여 일을 하지 않으면 결국은 자신의 손해로 돌아온다.

이끌 능력이 되지 못하면 받들 능력을 지녀야 서로 힘이 되어 일을 이룰 수 있다.

하기 싫은 일도 긍정의 마음으로 임하면 보람도 이로움도 크게 된다.

일은 원하는 만큼 결과를 도출한다.

자율적인 사람은 많은 일을 하고도 피곤을 덜 느끼지만, 타율적인 사람은 작은 일을 하고도 피곤을 느낀다.

어려운 일일수록 최후까지 최선을 다하는 자가 승자가 된다.

과일은 익어 당도가 높아질수록 푸른색의 영역이 줄고, 사람은 지식을 쌓을수록 힘든 육체적 노동의 영역이 줄어든다.

작은 일에 관리를 잘해야 큰일로 확대되지 않고, 큰일에 관리를 잘해야 복잡한 일이 생기지 않는다.

한 분야에서 판단과 능력이 남보다 뛰어나면, 그 분야의 지도자가 된다.

자신 있는 일에는 말과 행동과 글에도 힘이 실린다.

열정적인 사람에게는 비가 오는 것도, 눈이 오는 것도, 힘든 것도 문제가 되지 않는다.

실수는 잘못된 판단에서 시작되나 그로 인하여 빚어지는 결과는 엄청난 일을 초래한다.

공통 관심사가 있는 만남은 다른 국적, 다른 문화, 다른 부족함도 크게 문제가 되지 않는다.

피할 수 없는 상황이라면 배수진을 치고 맞서 싸워 이기는 길만이 살길이다.

내 앞에 놓인 일을 남에게 미루지 말자. 그것은 내가 해결할 문제이다.

직원의 마음이 아닌 사장의 마음으로 일을 하는 직원은 반드시 성공한다.

알아서 잘하는 사람은 가만히 두는 것이 일을 돕는 것이고, 알아서 일하지 않는 사람은 지도 감독을 하는 것이 일을 돕는 것이다.

상사의 간단명료한 업무지시는 아랫사람의 업무 수행 시 상당한 시간과 노력을 줄여준다.

일이 싫은 사람은 일을 만들지 않고, 술을 못 먹는 사람은 술자리를 만들지 않는다.

어떤 일의 상황은 가장 어렵거나 혼란스러울 때 올바른 답을 찾을 수 있다.

일은 열심히 해도 표시가 나고, 게을리 해도 표시가 난다.

좋아하는 일에는 즐거움이 받쳐주고, 싫어하는 일에는 의무감이 받쳐준다.

14_ 자연

"민들레 기질로 살아가는 자는 어떤 환경에서도 잘 살아가나,

봉선화 기질로 살아가는 자는 언제나 멸종의 불안을 안고 산다."

영리한 동물 집단일수록 다수의 우두머리가 전체를 이끌고, 사나운 동물 집단일수록 소수의 우두머리가 전체를 이끈다.

애완동물이 죽어갈 때 측은함과 슬픔이 북받치는 것은 그동안 정든 마음과 못 해준 미안함이 합쳐졌기 때문이다.

인류가 자연을 해치면 자연은 인류를 해친다.

곡식이 무성하면 풀이 힘을 쓰지 못하고, 풀이 무성하면 곡식이 힘을 쓰지 못한다.

내장산 단풍이 아무리 아름다워도 오래도록 아름다운 것은 아니다.

식물은 성장하기 좋은 쪽으로 뿌리를 뻗으며 살아가고, 동물은 먹을 것이 풍부하고 안전한 곳으로 이동하며 산다.

생물이 살아가는 영특한 지혜는 인간에게 소중한 교훈이 된다.

식물의 씨앗은 땅속에 몇 년간 묻혀 있다가도 싹을 틔울 알맞은 온도가 되면 싹을 틔운다.

태양이 세상을 밝게 비추지만 그만큼 세상을 그림자로 만들기도 한다.

생존경쟁이 치열한 새는 살아남기 위해 죽는 순간까지 눈을 뜨고 있고, 물고기는 잠을 자면서도 눈을 감지 않는다.

나무는 아무도 알지 못하는 땅속 구석구석까지 뿌리를 깊게 내리면서 자신의 안전을 튼튼히 도모한다.

자연은 있는 그대로일 때 가장 큰 아름다움을 발산한다.

산은 흡수한 물 만큼 물을 배출하고, 쇠는 달구어진 만큼 열을 발산한다.

가재는 뒷다리 힘이 강해서 뒷걸음질로 살길을 찾아가고, 쇠똥구리는 굴리는 재주가 뛰어나서 굴리는 재주로 살아간다.

민들레 기질로 살아가는 자는 어떤 환경에서도 잘 살아가나, 봉선화 기질로 살아가는 자는 언제나 멸종의 불안을 안고 산다.

가뭄 끝에 오는 비는 식물에게 고마운 비가 되고, 장마 끝에 오는 비는 식물에게 고통의 비가 된다.

살아 천 년, 죽어 천 년을 사는 주목은 열악한 환경에서도 자신을 강하게 키웠기 때문이다.

모성이 강한 어미 동물은 죽는 순간까지 새끼를 걱정하며 죽는다.

다람쥐와 두더지의 늦가을 활동은 겨울 양식 준비로 겨울을 잘 견디기 위함이다.

위험에 빠진 동물의 울음소리에는 인간의 즉각적인 도움이 필요하고, 식물이 시름시름 말라가는 현상에는 인간의 즉각적인 처방이 필요하다.

개는 집을 지킴으로써 주인에게 충성하고, 소는 우직하게 농사일을 함으로써 주인에게 충성한다.

여름 참매미는 뜨거운 열기를 아름다운 목소리에 실어 외치고, 가을 귀뚜라미는 신선한 밤공기를 아름다운 목소리에 실어 외친다.

사업이 망하면 도움을 받기 위해 찾아오던 사람들이 떠나가고, 꽃이 시들면 꿀을 얻기 위해 찾아오던 벌과 나비가 발길을 돌린다.

음지가 멀리 있어 보이지만 금방 다가오듯이, 양지도 멀리 있어 보이지만 금방 다가온다.

생물의 성장기는 생기가 있고 힘이 있지만, 생물의 노년기는 쇠약하여 측은해 보인다.

깨끗한 공기와 물로 자란 야생화는 야생화로서 가치를 지니고, 오염된 공기와 물로 자란 도시의 꽃은 도시의 꽃으로서 가치를 지닌다.

사람은 어려움을 서로 도와가며 살아가고, 나무는 위험을 뿌리끼리 서로 의지하여 살아간다.

방심은 크고 작은 재해로 이어지고 생명까지 잃게 된다.

고통 받는 동물을 살펴주는 자는 복을 얻게 되고, 말 못 하는 동물을 학대하는 자는 죄를 짓게 된다.

생명력이 강한 뿌리식물은 겨울이 되면 따뜻한 땅속으로 깊이 뿌리를 내린다.

꽃나무가 꽃을 피우는 기간은 길어야 20여 일이지만, 꽃나무는 그날을 위해 양분을 만들고 꽃망울을 키운다.

물고기를 물에 놓아주면 살기 좋은 곳을 스스로 찾아가듯, 자연을 자연 상태 그대로 놓아둘 때 아름다움을 유지한다.

가뭄이 풀리면 물이 풀리고, 물이 풀리면 농민의 근심 걱정이 풀린다.

해 뜨는 날만 계속되면 큰 가뭄이 오고, 비 오는 날만 계속되면 큰 장마가 온다. 두 날이 조화로울 때 살기 좋은 날이 된다.

동물은 잡고 잡히는 데서 강해지고, 강철은 담금질에서 더 강해진다.

불개미 한 마리의 힘은 미약하지만, 그 무리의 힘은 대단하다. 꿀벌 한 마리의 날갯소리는 미약하지만, 그 무리의 소리는 요란하다.

나무가 되려거든 낭떠러지 등산로에 등산객이 꼭 잡아야만 하는 한 그루 소중한 나무가 되자.

씨는 뿌린 대로 거두지만 농약을 적기에 살포해야 하는 변수가 있고, 사람은 일하는 만큼 인정을 받지만 현장 여건이라는 변수가 따르게 된다.

물은 생명체를 키우는 제일의 요소이고, 불은 인간의 문명을 발전시키는 지대한 역할을 한다.

주인이 질병으로 누우면 키우는 화초나 가축들이 돌봄을 못 받아 제일 먼저 고통을 받는다.

위계질서는 인간보다 동물이 훨씬 엄격하게 지켜진다.

약한 새는 숨을 곳을 찾으면서 날고, 강한 새는 멀리 보며 난다.

명산은 보는 위치에 따라 절경이 다르게 보인다.

산에서 사는 산토끼는 뒷다리가 길어서 내리막은 못 뛰어도 오르막을 뛰는 데는 특출나다.

사람은 자기보다 훌륭한 사람 덕에 성장하고, 동물은 자기보다 우둔한 짐승 덕에 편해진다.

개의 팔자는 주인 만나기 나름이고, 말의 팔자는 초원 만나기 나름이다.

사람은 배부르면 졸고, 동물은 배부르면 무리와 놀기부터 한다.

어미 닭은 달걀 속의 병아리에게 모성을 통해 다음 세상을 알려주고, 달걀 속의 병아리는 어미 닭의 신호를 통하여 다음 세상을 깨쳐간다.

꽃은 다양한 꽃이 자연스럽게 서식하고 있을 때 가장 아름답게 보인다.

용감한 독수리는 발톱을 깊숙이 감추고, 힘이 좋은 사자는 함부로 힘을 쓰지 않는다.

사람이 집을 지을 때는 풍수지리를 보아 위치를 정하고, 철새는 둥지를 지을 때 안전요소를 고려하여 터를 잡는다.

매미는 땅속 시절을 벗어나야 아름다운 세상을 보고, 과일나무는 아름다운 꽃을 버려야 원하는 열매를 맺는다.

사람은 현재 상황을 이겨내야 더 큰 세상을 배우게 되고, 개울물은 현재의 물을 흘려보내야 강물이 되어 바다로 간다.

공룡은 알을 낳아 번식하는 생태적 특성 때문에 초원의 왕으로 군림하였다.

사람은 허릿심이 좋아야 힘을 쓰며 살아가고, 식물은 줄기 힘이 좋아야 번식력을 키워간다.

가뭄은 과일의 당도를 높이고, 알맞은 비는 초목을 무성하게 키운다.

봄맞이는 아름다운 새소리가 제일 먼저 마중을 하고, 가을맞이는 아름다운 단풍이 제일 먼저 마중을 한다.

좋은 소식은 야생까치가 용마루 위에 앉아 소식을 전하고, 슬픈 소식은 야생까마귀가 하늘을 돌며 소식을 전한다.

부처손 같은 좋은 약초는 사람과 동물의 접근이 어려운 곳이 아니면 생명을 지켜가기 어렵다.

자연은 자연을 사랑하는 사람에게 보답을 한다.

식물은 계절 변화에 따라 삶의 방법을 달리하기 때문에 생명을 유지한다.

민들레는 씨앗을 바람에 날려보내는 방법으로 번식력을 키우고, 질경이는 끈질긴 근성으로 생명을 이어간다.

대나무는 곧고 가벼운 장점이 있다 보니 많은 사람들의 사랑을 받고, 추희자두는 맛과 높은 당도를 지니다 보니 많은 벌레들의 사랑을 받는다.

역사를 사랑하면 역사는 좋은 교훈으로 보답을 하고, 자연을 사랑하면 자연은 유익함으로 보답을 한다.

사람의 지위가 너무 높으면 사람들 장막에 가려 올바른 판단이 어렵고, 산봉우리가 너무 높으면 구름에 가려 산 아래 세상을 보기 어렵다.

미련한 사람은 해로운 것을 알면서도 몸에 안 좋은 음식을 즐기며 먹고, 우둔한 동물은 위험을 알면서도 독초를 맛있어 한다.

분위기와 환경은 사람의 마음을 열기도 하고 닫게도 한다.

인간이 자연에 대하여 언제나 정겨움을 느끼는 것은, 자연이 인간에게 언제나 순수함과 새로움을 보여주기 때문이다.

담쟁이는 미워서 등지며 사는 것이 아니라 생존을 위해 서로 방향을 달리하고, 등나무는 사랑해서 안고 도는 것이 아니라 생존을 위해 서로 안고 돈다.

흘러가는 물의 흐름에서, 하늘을 날고 있는 새떼에게서 인생의 의미를 배울 수 있다.

환경은 사람을 선하게도 악하게도 만든다.

사람은 살길을 스스로 만들며 살아가고, 물은 물길을 스스로 만들며 흘러간다.

봄날에 내리는 알맞은 비는 농부에게 풍년의 꿈을 안겨주고, 가을날의 따스한 햇볕은 농부에게 풍년의 기쁨을 안겨준다.

사람은 자연 속에서 자연이 주는 것을 먹고 살다가 자연으로 돌아간다.

개가 주인에게 사랑을 받는 것은 사랑의 기본을 잘 알기 때문이고, 일소가 주인에게 신임을 받는 것은 충성의 기본을 잘 알기 때문이다.

고양이가 죽을 때는 주인이 볼 수 없는 곳에서 죽는다. 비참한 자신의 모습을 주인에게 보여주기 싫기 때문이다.

곧은 나무는 사람의 필요 때문에 먼저 베어지고, 굽은 나무는 남아 고향산천을 지킨다.

뿌리식물이란 봄과 여름은 잎과 줄기로 양분을 모으고, 가을과 겨울은 뿌리 쪽으로 양분을 모은다.

똥개가 아무에게나 꼬리 치는 것은 충성심이 약해서이고, 풍산개가 그렇지 않은 것은 충성심이 강해서이다.

나무는 다른 나무와 공존하기 위하여 이웃 나뭇가지를 피해가면서 가지를 뻗는다.

생소나무는 송근봉을 만들고, 죽은 소나무는 땔감을 만든다.

버들강아지가 움트면 본격적으로 봄이 온다는 신호이고, 서리가 내리면 본격적으로 겨울이 온다는 신호이다.

화초는 활기찬 꽃을 피워가고, 과일나무는 실한 열매를 맺는 것이 본연의 의무이다.

튤립은 햇빛이 들면 꽃봉오리를 예쁘게 피우고, 박꽃은 어두워지면 청순한 흰 꽃을 활짝 피운다.

물봉선화의 연한 꽃과 줄기는 깨끗한 물의 힘으로 성장하고, 엉겅퀴의 억세고 거친 꽃과 줄기는 기름진 땅의 힘으로 성장한다.

검은 실잠자리와 가재는 인간이 좋아하는 청정지역 1급수에서만 살아가고, 모기와 파리는 인간이 싫어하는 오수와 불결한 곳에서만 살아간다.

뚜렷한 특징이 있는 사계절 때문에 한국인은 다양한 계절의 변화를 경험하며 살아간다.

꽃은 씨를 맺기 시작하면 꽃잎을 떨구면서 씨가 잘 여물도록 양분을 몰아준다.

척박한 지역의 야생 식물일수록 씨앗을 보호하기 위하여 아주 단단한 껍질이 씨앗을 감싸고 있다.

늑대 세계의 패자는 승자의 배 밑에 자기 머리를 들이밀어 넣는다. 그것은 자기 머리에 승자가 오줌을 싸거나 어떤 행위를 하여도 달게 받겠다는 항복의 뜻이다.

15_ 처신

"세상을 살아갈 줄 모르는 사람은 남을 이기고만 살려 하지만,
세상을 살아갈 줄 아는 사람은 남에게 지고 살 때가 있음을 안다."

양보하면 사람은 손해를 보는 것 같지만 장기적으로는 이로움이 된다.

부모의 의지만 확고하면 고통이 거듭되고 재앙이 밀려와도 자식은 결코 옆길로 새지 않는다.

진정한 부부애와 진정한 우정은 어렵고 힘든 상황을 신뢰로 잘 극복할 수 있다.

미소를 아끼지 않으면 만남이 즐거워지고, 인사를 정겹게 하면 반가움이 넘친다.

상대방이 겸손하면 이해관계가 없어도 친근감을 갖게 되고, 상대방이 무례하면 이해관계가 없어도 미움을 갖게 된다.

사람이 놀다 떠난 자리에는 비난이 남고, 닭이 놀다 떠난 자리에는 일거리가 남는다.

일이 꼬일수록 침착하자. 머지않아 시간이 그 답을 내려줄 것이다.

'남에게 지는 것이 이기는 것이다'라는 말은 세상을 살아가는 가장 쉬운 처세술을 말한다.

못된 사람은 위아래도 몰라보고, 친척도 남도 몰라본다. 그런 사람은 일이 잘되도록 도와주어도 원망하고, 축원을 해주어도 원망한다.

어리석은 사람이 문제를 일으키면 집에 분란을 만들고, 똑똑한 사람이 문제를 일으키면 나라를 망치게 한다.

사람들은 남이 잘되고 나면 잘될 줄 알았다고 말하고, 못 되고 나면 못 될 줄 알았다고 말한다.

남의 처지를 생각하며 말을 해야 말이 잘 풀리고, 남의 처지를 생각하며 일을 해야 일이 잘 풀린다.

남의 가슴에 기쁨을 심는 사람은 자신의 인생에 행복을 심는 사람이다.

세상을 살아갈 줄 모르는 사람은 남을 이기고만 살려 하지만, 세상을 살아갈 줄 아는 사람은 남에게 지고 살 때가 있음을 안다.

인간에게 조물주가 하나의 입을 준 것은 두말 말고 한 말을 하란 것이고, 두 눈을 준 것은 두 눈으로 정확히 보고 행동하라는 것이지만 잘 지켜지지 않는다.

받을 자세가 안 된 자에게 주려는 것은 헛된 노력이 되고, 배울 자세가 안 된 자에게 가르치려는 것은 헛고생이 된다.

언행이 일치하는 사람은 스스로 고생을 줄여가며 세상을 살고, 언행이 불일치하는 사람은 스스로 고생을 만들며 세상을 산다.

진실한 사람은 진실의 힘으로 살고, 거짓된 사람은 거짓에 맛을 들여서 산다.

약속을 지키지 않는 사람은 자신에게도 손해되지만, 남에게도 피해를 주게 된다.

약속 장소에는 조금 일찍 가는 것이 좋고, 기다려야 할 때는 여유 있게 기다리는 것이 좋다.

남을 배려하는 사람만이 존경을 받고, 고객을 배려하는 기업만이 성장 발전한다.

약이 죽어가는 사람을 살리기도 하고 산 사람을 죽이기도 하듯이, 사람의 말도 죽어가는 사람을 살리기도 하고 산 사람을 죽이기도 한다.

그 집안의 장래를 보려거든 그 집안의 손님 맞는 태도를 보자.

못난 자 앞에서 잘난 척하지 말고, 바쁜 자 앞에서 한가한 척하지 말고, 괴로운 자 앞에서 즐거운 척하지 말자.

졸장은 제일 뒤에서 지휘하고, 평장은 제일 가운데서 지휘하고, 용장은 제일 앞에서 지휘한다.

불필요한 말은 다툼을 만들고, 불필요한 행동은 의심을 만든다.

자신을 편하게 살도록 길들이면 세상살이가 힘들고, 자신을 힘들게 살도록 길들이면 세상살이가 편하다.

보이는 이익에 급급한 사람은 보이는 인생만 살게 되지만, 안 보이는 곳까지 생각하는 자는 안 보이는 인생까지 살아간다.

너무 성급하게 내린 결정은 나중에 후회하고, 시간을 질질 끌며 내린 결정은 시기를 놓친 뒤에 후회한다.

딸을 가진 집에 가서 다른 집 딸을 자랑 말고, 아들을 가진 집에 가서 다른 집 아들을 자랑 말자.

남을 위하여 도울 능력이 있을 때가 좋고, 베풀 능력이 있을 때가 행복한 것이다.

남의 얼굴을 세워주면 내 얼굴도 빛이 나고, 남의 인격을 깎아내리면 내 인격도 추락한다.

사랑은 사랑으로 남아야 아름답고, 비밀은 비밀로 남아야 아름답다.

주는 사람이라고 해서 언제나 줄 수 있는 형편이 되는 것이 아니고, 받기만 하는 사람이라고 해서 언제나 받을 수 있는 형편이 아니다.

몸을 너무 아끼면 누리는 행복이 줄어들고, 돈을 너무 아끼면 친한 사람이 줄어든다.

몸을 아무렇게나 쓰게 되면 가까운 날 건강이 바닥을 치게 되고, 돈을 아무렇게나 쓰게 되면 가까운 날 재물이 바닥을 치게 된다.

분위기에 같이 어울리지 않으면 힘든 일이 늘게 되고, 시류에 같이 따르지 않으면 손해될 일이 많게 된다.

남을 존중할 줄 아는 사람은 남에게 존중받을 줄도 안다.

혼자서 책임을 지면 정의의 관을 쓰고, 혼자만 짐을 벗으면 배신의 오명을 쓰게 된다.

일이란 스스로 해결하기 어려울 때는 남에게 도움을 청하는 것도 좋은 방법이다.

다른 사람보다 앞서 행동하는 인생은 다른 사람이 인사하기 전에 인사하고, 양보하기 전에 양보하고, 용서하기 전에 용서하고, 사과하기 전에 사과한다.

부부 사이는 누구보다도 가까운 관계지만 소홀하기 쉽고, 고마움을 잊고 살기 쉽다.

어떤 사람은 자신을 위해 충심으로 건네는 조언도 받아들이지 않고, 자신을 위해 고통을 감내하는 사람이 있어도 그 사실을 알아채지 못한다.

자상함이 많은 사람은 어디에 가도 외롭지 않고, 이해심이 많은 사람은 어떤 일에나 환영을 받는다.

상대의 행동에 따라 줄 것이 넘쳐나도 주기 싫은 사람이 있고, 없으면 필요한 것을 구해서라도 주고 싶은 사람이 있다.

방황하는 사람에게는 방향을 알려주고, 매달리는 사람에게는 반겨주어 도움을 주자.

남을 웃겨서 돌려보내면 그다음은 내가 웃을 일을 만나고, 남을 울려서 돌려보내면 그다음은 내가 울 일을 만나게 된다.

남에게 도움을 주었을 때는 겸손할 줄 알고, 도움을 받았을 때는 감사할 줄 알아야 한다.

진실한 사과는 얼음 같은 남자의 마음을 녹일 수 있고, 진실한 사과는 서슬 퍼런 여자의 한을 풀 수 있다.

남의 어려움을 잘 돕는 사람은 자기 일도 잘 풀리고, 남의 누명을 벗겨주는 사람에게는 하늘에서 복을 내린다.

사랑을 많이 베풀면 사랑에 목마른 사람이 모이고, 먹을 것을 많이 베풀면 배고픈 사람이 많이 모인다.

지난날의 실수를 생각하면 오늘도 고칠 일이 많고, 지난날의 고마움을 생각하면 오늘도 갚을 일이 많다.

남의 어려움을 돕다 보면 내 어려움이 가벼워지고, 남의 웃을 일을 돕다 보면 내가 웃을 일이 많아진다.

비겁한 사람은 자기만 욕먹고 마는 것이 아니라 남까지 욕먹게 한다. 현명한 사람은 자기만 칭찬받고 마는 것이 아니라 남까지 칭찬받게 한다.

남의 말을 쉽게 옮기다 보면 자신 때문에 또 다른 사람이 난처하게 된다.

남에게 칭찬받으며 이룬 일은 오래가지만, 남에게 비난받으며 이룬 일은 오래가지 못한다.

여기서 잘한 일이 저기서도 영향을 끼치고, 여기서 실수한 일이 저기서도 영향을 끼친다.

나이를 먹을수록 존경받을 일을 하고, 베푸는 삶을 살아야 사람들의 관심을 받게 된다.

목적한 바를 이루기 위해서는 하고 싶은 것도, 하기 싫은 것도 참아야 한다.

남의 어려움을 알면 격려를 하게 되고, 남의 실정을 모르면 비난하기 쉽다.

난처한 처지가 되면 입이 가벼운 사람은 불평부터 하고, 입이 무거운 사람은 침묵부터 한다.

상대를 얼마나 진심으로 존중하느냐에 따라 상대도 차등을 두어 나를 대접한다.

겸손하게 처신하는 사람은 세상을 원망하지 않는다.

감사하는 마음은 어떤 일에서나 약방의 감초 역할을 한다.

인내의 결과는 아름다움으로 돌아오고, 시기와 질투의 결과는 상처로 돌아온다.

사람의 평가는 그 사람의 말과 행동의 결과로 결정된다.

지금 당장 어려움에 처했다고 해도, 그것이 인생의 전부가 아니므로 길게 보면서 희망을 품고 성실하게 살아가자.

간절하거든 젖 먹던 힘을 다하고, 절박하거든 죽을힘을 다하자.

남을 미워할수록 외로움은 늘게 되고, 남을 사랑할수록 즐거움은 늘게 된다.

남을 가혹하게 대하면 상대방도 가혹하게 나오고, 남을 유연하게 대하면 상대방도 유연하게 나온다.

배려는 내 입장보다 남의 입장을 우선하며, 내 인격보다 남의 인격을 우선하는 일이다.

오늘을 겸손히 살면 내일은 존중받으며 살 수 있다.

사람이 자만하면 의외의 일에서 큰 문제가 생기고, 마음을 다하면 의외의 일에서 해결책이 생긴다.

너그럽게 베푸는 곳에는 풍요함이 가득하고, 인색하게 베푸는 곳에는 삭막함이 가득하다.

나의 영광된 일에는 겸손할수록 좋은 평을 얻고, 남의 영광된 일에는 칭찬할수록 좋은 평을 얻는다.

말 많은 직장이나 집단에서는 말과 행동을 조심해야 하고, 시기와 질투가 난무하는 직장에서는 구설에 휘말리지 않도록 행동을 조심해야 한다.

말 많은 세상을 살아가기 위해서는 오직 소신 하나로 흔들리지 말고 살아야 한다.

돈을 절약하지 않으면 반드시 부족함에 시달린다.

돈의 위력은 사람을 용기 있게도 하고, 상황을 불공평하게도 만든다.

먹는 것에 인심을 써야 상대방도 마음의 문을 연다.

잠시 잠깐의 인연에도 잊지 않고 싶은 사람이 있고, 오랫동안 알고 지냈어도 기억하고 싶지 않은 사람이 있다.

나의 처신에 따라 상대의 치신도 달라지고, 상대의 처신에 따라 나의 처신도 달라진다.

칭찬에 목마른 자에게는 사소한 칭찬도 그 사람의 인생을 바꾸는 계기가 된다.

알고 보면 화낼 일도 아닌 것에 화를 내어 체면을 구기고, 큰일도 아닌 것을 참지 못해 일을 키운다.

헛소문에도 이로울 때가 있고 손해될 때가 있으며, 진실도 이로울 때가 있고 손해될 때가 있다.

사람을 반갑게 대할수록 주위로 사람들이 모여든다.

자신을 돌아볼 수 있는 때는 이미 많은 삶을 살았을 때이고, 자신이 어떤 사람인지 정신을 차린 때는 이미 잘못된 일이 많았을 때이다.

조금만 더 너그러운 마음을 가지고 남을 대하면 찬사가 봄바람처럼 몰려온다.

주위 사람과 잘 지내면 그들과 나누는 삶을 살 수 있다.

남을 칭찬하는 말은 천천히 전달되지만 남을 비난하는 말은 번개처럼 전달된다.

말을 조심하지 않으면 내가 한 말에 내가 발목이 잡혀서 처신이 자유롭지 못하다.

술을 먹는 사람은 술을 먹어서 이로울 때가 있고, 손해를 볼 때가 있으며, 술을 안 먹는 사람은 술을 안 먹어서 이로울 때가 있고, 손해를 볼 때가 있다.

아는 사람하고 나누는 인사만 인사가 아니라 모르는 사람과 나누는 인사가 더 큰 의미를 지닌다.

환자의 고통을 내 고통같이 여기는 의사가 진정한 의사라고 할 수 있다.

오늘을 열심히 살지 않으면 내일은 남에게 도움을 청해야 할 처지에 놓인다.

남이 마음을 넓게 쓰지 않아도 자신이 먼저 마음을 넓게 쓰며 살아야 하는 일이 잘 풀린다.

보기 싫다고 없애버리면 남는 것이 별로 없고, 밉다고 모두 멀리하면 혼자 외톨이로 남는다.

남을 향한 비난은 돌고 돌아 자신에게 비난의 화살로 돌아온다.

16_ 행복과 불행

"나에게 행복이 과하다 싶으면 행복은 물러나고,
나에게 불행이 과하다 싶으면 불행은 물러난다."

행복을 찾고자 하면 가는 곳마다 있고, 불행도 찾고자 하면 가는 곳마다 있다.

남편의 고집이 지나치면 가족을 고생시키고, 아내의 고집이 지나치면 가족의 화목을 깨뜨린다.

사람은 한순간의 판단을 잘하여 평생을 안락하게 살기도 하고, 한순간의 판단을 잘못하여 평생을 후회하며 살기도 한다.

아무리 먹고살기가 힘든 시절에도 배불리 먹고사는 자가 있고, 아무리 먹고살기가 쉬운 시절에도 배가 고파서 힘들게 사는 자가 있다.

곳간이 가득하면 먹지 않아도 배부르고, 돈이 많으면 돈을 지니고 다니지 않아도 든든하다.

공부는 집중과 끈기가 바탕이고, 사업은 정직과 신뢰가 바탕이다.

꿈이 있고 열정이 있는 사람은 하루하루가 신바람나고, 저녁 잠자리가 행복하다.

착한 행동은 자신의 만족을 불러오고, 잘못된 행동은 자신의 불행을 불러온다.

신용이 있는 자의 행복은 자신의 말을 남들이 잘 믿어줌에 있고, 신용이 없는 자의 불행은 자신의 말을 남들이 잘 믿지 않음에 있다.

어떤 일을 여럿이 하다 보면 처음에는 불편을 느끼지만, 시간이 지나면서 서로가 익숙해진다.

쓴맛은 단맛의 가치를 높여주고, 고통은 행복의 가치를 높여준다.

사랑은 서로에게 이해와 공감이 가득한 상태이다.

가장 어렵게 생각하던 것에서 큰 기쁨을 얻고, 가장 크게 기대하던 것에서 큰 실망을 한다.

나에게 행복이 과하다 싶으면 행복은 물러나고, 나에게 불행이 과하다 싶으면 불행은 물러난다.

등짐은 줄일수록 홀가분하고, 권한은 많을수록 뿌듯함을 느낀다.

결혼을 쉽게 한 사람은 결혼이 쉬운 것으로 알고, 인생을 쉽게 살아온 사람은 인생이 쉬운 것으로 안다.

마음의 부자는 편안한 마음으로 살지만, 물질을 많이 지닌 부자는 불안한 마음으로 산다.

사람은 일이 너무 힘들면 미래의 꿈을 잊고 살고, 삶이 너무 궁핍하면 양심도 체면도 버리게 된다.

　백 명의 직원이 이익을 내어도 도둑 한 명을 못 막으면 안 되는 것이 재정 관리의 어려움이다.

　경제가 흔들리면 국민의 삶이 흔들리고, 정치가 흔들리면 민족의 희망이 흔들린다.

　세상은 강자들의 횡포에도 약자들의 발버둥치는 힘으로 지탱된다.

　세상은 내가 아니라도 굴러가게 됨을 알아야 한다.

　한 번의 죄인은 영원한 죄인으로 기억되지만, 한 번의 선행자는 영원한 선행자로 기억되지 않는다.

　돈은 기회를 만나면 마른 풀잎이 불타듯 불어나고, 기회를 잃으면 모래밭에 물이 새듯 줄어든다.

　불경기가 닥치면 가난한 사람이 고생한다.

　물질은 상황이 쪼들릴수록 사람을 더욱 힘들게 하고, 여유로울수록 사람을 더욱 여유롭게 한다.

　인간의 기(氣)는 허공에 머물다가 크고 작은 길흉관계로 서로 상봉하고 상충하게 된다.

　행운은 준비와 기회가 맞아떨어질 때 찾아온다.

　어떤 문제가 발생하면 강자보다 약자가 피해를 보게 된다.

　많이 소유하고 있는 사람보다 많이 베푸는 사람이 더 많은 행복을 누린다.

세상에서 가장 잘못된 것은 약자만 손해를 보아야 한다는 것이다.

지위가 높은 사람과 싸워서 이로울 것은 하나도 없고, 하지 말라는 일을 억지로 해서 좋을 것은 하나도 없다.

건강하고 행복하게 살아갈 때 그렇지 못한 사람을 위해 살아야 건강과 행복이 오래간다.

행복한 삶이 되면 그것이 바로 낙원이고, 절박한 삶이 되면 그것이 바로 지옥이다.

나에게 진실한 친구 한 사람이 있으면, 있어도 그만 없어도 그만인 친구 백 명보다 낫다.

약이 잘못되면 독이 될 수 있고, 사랑이 잘못되면 죽음을 부를 수 있다.

꽃은 사랑을 받을 만하면 시들고, 사람은 행복을 누릴 만하면 질병으로 고생한다.

승승장구하는 삶을 누리다 보면 일곱 색깔 무지개 위를 걷는 기분이지만, 추락하여 바닥으로 떨어지면 세상의 모든 비참함을 등에 진 듯한 고통을 느낀다.

사람이 사람의 겉모습만 보고 판단하면 후회를 하게 되고, 동물이 동물의 겉모습만 보고 판단하면 죽음을 맞게 된다.

누군가 인생을 고해라 했듯이, 옛날이나 오늘날이나 괴로움 없고 고통 없는 삶은 어디에도 없다.

즐거운 자에게는 시간이 너무 잘 가서 아쉽고, 괴로운 자에게는 시간이 너무 안 가서 괴롭다.

사람은 빚더미에서 고통과 비참함을 겪어보면 행복의 의미를 안다.

약자로 살면 무시당하고 손해될 일을 많이 겪는다. 억울함을 피하기 위해서라도 강한 사람이 되어야 한다.

하루의 일과를 마치고 반겨줄 가족이 있는 집으로 돌아갈 수 있는 사람은 행복한 사람이다.

남에게는 사소한 것이지만 나에게는 소중한 것이 될 수 있고, 나에게는 사소한 것이지만 남에게는 소중한 것이 될 수 있다.

사람이 최악의 상황에 이르면 아픔이 아픔으로 느껴지지 않고, 고통이 고통으로 느껴지지 않는다.

극한 가난에 처하면 가난에 지배당하고, 극한 고통에 처하면 고통에 지배당한다.

잘못됨을 아는 자는 방법을 빨리 찾아갈 수 있지만, 잘못됨을 모르는 자는 방법을 빨리 찾아가지 못한다.

고통도 참고 참다 보면 기쁨이 오고, 긴 장마도 참고 참다 보면 맑은 날이 온다.

거짓으로 시작된 것은 거짓으로 끝을 맺고, 거짓으로 끝난 것은 거짓으로 시작된다.

가난한 사람의 겨울은 유난히 춥고 배가 고프다.

서로 인정해주는 아내가 있고, 남편이 있는 집은 행복한 집안이다.

고통은 당사자에게는 심각하지만 타인의 입장에서는 심각하게 보이지 않는다.

혼자만 잘살겠다는 마음을 가진 사람은 하는 일이 잘되지 않지만, 다 같이 잘살아야 한다는 마음을 가진 사람은 일이 잘된다.

그네가 앞으로 끝까지 갔을 때는 뒤로 가기 위한 마지막 준비이고, 그네가 뒤로 끝까지 갔을 때는 앞으로 가기 위한 마지막 준비이다. 이렇듯 가장 힘든 고통일 때는 고통을 벗어나기 위한 마지막 준비 단계이고, 가장 즐겁고 기쁠 때는 힘들어지기 직전의 마지막 준비 단계이다.

약자는 공격을 받으면 반격할 능력이 없고, 강자는 공격을 받으면 반격할 능력이 있다.

사람의 삶은 어찌 보면 불안의 연속이라 할 수 있다. 한 발을 잘 디디면 기회의 영역으로, 한 발을 잘못 놓으면 불행의 영역으로 떨어진다.

대비하고 살면 큰 고비도 쉽게 넘기지만, 대비 없이 살면 작은 고비에도 고통을 받는다.

세상일이 그러하듯 그 어떤 일에도 기쁨과 고통은 있다.

신이 인간에게 준 공평함은 좋은 일을 하면 복을 받고, 나쁜 일을 하면 벌을 받는다는 것이다.

열심히 노력하며 사는 자는 어디에 가도 열심히 살고, 게으름을 피우며 사는 자는 어디에 가도 게을리 산다.

오늘의 고통은 내일의 행복이 되고, 성장의 동력이 된다.

누구나 진정한 행복을 누리며 살고 싶고, 고통 없이 살고 싶으나 세상은 만만하지 않다.

고통 없는 질병 치료는 없고, 성장통 없는 성장은 없다.

혈기왕성할 때는 소신으로 삶을 살고, 늙어서는 이해와 배려로 삶을 산다.

돈은 사람을 기쁘게도 하지만, 슬프게도 한다.

절벽은 올라갈 때도 내려갈 때도 힘든 것처럼, 인생은 이런 일로도 힘들고 저런 일로도 힘들다.

현실을 받아들이는 사람은 긍정적으로 인생을 살고, 현실을 부정하는 사람은 부정적으로 인생을 산다.

불행한 사람은 불행의 조건을 만들어가며 살고, 행복한 사람은 행복의 조건을 만들어가며 산다.

나의 저급한 생각은 나를 미약하게 만들고, 나의 후덕한 생각은 나를 건강하게 만든다.

젊어서는 사랑을 받을 때가 행복하고, 나이가 들어서는 사랑을 줄 때가 행복하다.

스승은 제자가 훌륭하게 성장할 때 자랑스럽고, 제자는 스승이 어디서나 존경받을 때 행복을 느낀다.

허송의 시간을 많이 쓰면 인생 후반의 삶이 처량해지고, 허송의 시간을 아끼게 되면 인생 후반의 삶이 여유로워진다.

생산의 어려움은 열심히 제조하는 만큼 소비시장이 받쳐주어야 하는 데도 그렇지 못할 때가 있는 것이다.

신은 인간을 창조하면서 기쁨과 고통을 같은 중량으로 주었다.

사랑할 때는 같이 있기만 해도 행복하지만, 미워할 때는 이름만 들어도 고통스럽다.

힘들고 어려운 것을 고통이라 생각하면 불행이 되고, 힘들고 어려운 것을 행복의 근원이라고 생각하면 행복이 된다.

남에게 먼저 주기 전에는 나에게 올 것은 아무것도 없다.

지식은 알고 있는 것만으로도 든든하지만 실행하면 더 큰 행복을 누린다.

경영의 실패 원인은 나태했거나 욕심이 과했기 때문이다.

몸과 마음이 싫어하는 행동을 계속하면 머지않아 질병이 찾아온다.

경제적 여유가 있는 집에는 좁쌀을 팔아 맛있는 쌀밥을 먹고, 여유가 없는 집에는 쌀을 팔아 양이 많은 조밥을 먹는다.

17_ 사람과 사람

"나는 다른 사람의 그림자를 밟으며 살아가고,
다른 사람은 나의 그림자를 밟으며 살아간다."

사람은 태어날 때는 자신이 울고, 돌아갈 때는 남을 울린다.

사람은 서로가 필요한 존재로, 감사한 존재로 살아야 관계가 오래간다.

사랑하는 사람과 같이 가는 길은 험난한 길도 즐겁고, 미워하는 사람과 같이 가는 길은 꽃길도 고통이다.

남의 이익을 우선하면 신용과 존중이라는 울타리가 쳐지고, 내 이익을 우선하면 비난과 원망이라는 울타리가 쳐진다.

칼바람 부는 세상에서도 나의 처신에 따라 따뜻한 바람을 일으키며 살 수 있고, 믿을 사람 없는 세상에서도 나의 처신에 따라 살 만한 세상을 만들며 살 수 있다.

어린 자식을 둔 부모는 자기 자식만 품에 안지만, 인생 경험이 풍부한 할머니는 남의 자식도 함께 품에 안는다.

나는 다른 사람의 그림자를 밟으며 살아가고, 다른 사람은 나의 그림자를 밟으며 살아간다.

정신과 육체가 하나가 되어 생산적 삶을 사는 곳이 이승이고,

정신과 육체가 분리되어 생산적 삶을 살 수 없는 곳이 저승이다.

하늘을 날고자 하지 않는 새는 아름다운 하늘을 알지 못하듯, 아무런 도전 없이 살고자 하는 사람은 아름답고 즐거운 삶을 누릴 수 없다.

능력자는 또 다른 능력자에 의해 물러나고, 힘은 또 다른 힘에 의해 물러난다.

일을 잘하는 사람과 비교하면 못하는 사람으로 보이고, 일을 못 하는 사람과 비교하면 잘하는 사람으로 보인다.

타오르는 불에는 태워 날려보낼 것이 있고, 흐르는 물에는 씻어 내려보낼 것이 있다.

돈복을 가진 자와 살면 물질적으로 득을 보게 되고, 식복을 가진 자와 살면 먹는 것으로 득을 보게 된다.

공손한 말씨는 자신의 인격을 높이고, 예의 바른 행동은 자신의 가치를 높인다.

봄이 좋아 같이 살자고 붙잡았더니, 여름이 벌써 찾아왔다.

사람은 어려서도 늙어서도 다른 사람의 도움을 받아서 일어서고 누울 때가 있다.

여자는 예쁘게 보이고 싶고, 남자는 인정받고 출세한 사람으로 보이고 싶다.

숲을 멀리서 보면 모든 나무가 근심 걱정 없이 잘 자라는 것처럼 보인다. 그러나 숲속에 들어가면 나무도 고통과 괴로움을 겪고 있다.

우리의 삶은 겉보기에는 모두 즐겁고 행복해 보이지만, 누구나 근심 걱정을 안고 살아간다.

같은 시간이라도 누구는 즐거운 나들이로, 누구는 사업 일로, 누구는 농작물을 보살피는 일로, 누구는 조문하는 일로 하루를 보낸다.

사람이 세상에 잠시 왔다가 가는 것은, 등산객이 명산을 둘러보고 아쉬워하며 떠나는 것과 같다.

꽃은 때가 되면 시들지만, 사람의 정은 시들지 않는다. 그래서 좋은 인연에 감사하며 행복하게 살아야 한다.

부부간에 화목하면 삶이 즐겁고, 인간관계에서 틀어짐이 없으면 인생이 즐겁다.

사람의 마음은 천성이 착하기 때문에 가난하고 약한 자의 편을 들게 된다.

가정은 혼자 힘으로 꾸려가는 것이 아니라 부부가 서로 도와야 하고, 직장은 구성원의 협조가 필요하다.

사람은 서로가 서로에게 스승으로 살아간다. 그래서 세상은 배울 사람으로 가득하다.

잘난 사람은 잘난 체하다 손해를 보고, 유식한 사람은 유식한 체하다 손해를 본다.

나쁜 사람을 자꾸 비난하다 보면 입에 익어 그 사람을 닮아가고, 좋은 사람을 자꾸 칭찬하다 보면 입에 익어 그 사람을 닮아 간다.

도움을 받는 사람보다 도움을 주는 사람이 더 행복하다.

조직에서 앞장서는 사람은 그 사람의 능력만큼 조직을 빛내고, 조직의 중심에 있는 사람은 그 사람의 능력만큼 조직력을 튼튼히 한다.

사람의 한평생은 억겁의 세월에 비하면 스쳐 지나는 찰나의 빛에도 못 미친다. 그 짧은 시간 속에서 우리는 서로 인연을 맺고 살다가 가는 존재이다.

세상 어디를 가도 고운 사람과 미운 사람이 있고, 즐거운 일과 괴로운 일이 있다.

기본이 된 백 명보다 기본이 안 된 한 명 다루기가 더 힘들다.

여자는 행동보다 안전이 앞서고, 남자는 안전보다 행동이 앞선다.

장래가 촉망되는 제자는 훌륭한 스승을 본받으며 성장하고, 유능한 직원은 훌륭한 상사를 본받으며 성장한다.

사람이 많은 곳에는 언제나 말이 많다. 판단 기준이 다르고, 보는 방향이 다르고, 이해관계가 결부되어 있기 때문이다.

사람은 나이를 먹어가면서 참다운 사람이 되고, 나무는 많은 세월을 겪으면서 보호수가 된다.

아름다운 감정 표현은 자신을 위해서도, 관련 있는 사람들을 위해서도 중요한 일이다.

사람 관계는 약속을 지킴으로써 신뢰를 높이고, 음식 맛은 소금의 양으로 풍미를 높인다.

개인의 권한, 즉 재량과 시간과 열정을 어떻게 활용하느냐에 따라 인생이 결정된다.

아내가 남편에게 말을 다정하게 하면, 남편은 장인과 장모를 지극정성으로 모신다.

세상에는 남이 가니 따라가는 자가 있고, 미래에 기대를 걸고 가는 자가 있고, 확실한 주관을 갖고 가는 자가 있다.

게으른 자는 일을 하자니 힘들어서 못하고, 도움을 청하자니 자존심 때문에 부탁도 못한다.

노인의 인생은 후회가 많은 인생, 건망증이 많은 인생, 침묵이 많은 인생, 질병이 많은 인생과 포기하는 인생이 되기 쉽다. 그러나 이를 극복해야 한다.

여자는 자존심 때문에 솔직하지 못하고, 남자는 체면 때문에 솔직하지 못하다.

어떤 일을 원하는 대로 할 수 있는 것은 아니지만, 원하는 방향을 향해 열심히 살아가야 한다.

자식의 도리를 다한 것 같지만 지나고 보면 잘한 것이 없고, 부모의 도리를 다한 것 같지만 지나고 보면 잘한 것이 없다.

성숙한 사람은 현실에 감사하며 산다. 형편대로 먹고, 형편대로 입고, 형편대로 자고, 형편대로 대접받는다.

홀로 왔다가 홀로 가야 하는 인생길에는 기쁨의 눈물, 슬픔의 눈물을 흘려야 할 때가 많다.

높이 올랐던 사람이 권좌에서 내려올 때는 남보다 더 울적하고, 많이 가졌던 사람이 많은 것을 잃은 때는 남보다 더 허망하다.

배운 자식은 도시로 나가고, 못 배운 자식이 조상의 묘소와 고향의 농토를 돌보며 살아간다.

젊을 때는 질병보다 죽음이 두렵지만, 나이가 많아지면 죽음보다 질병이 두렵게 느껴진다.

젊을 때 먹는 음식은 체력의 원천이 되고, 노령에 먹는 음식은 생명의 원천이 된다.

사람이 허약해지면 자리에 눕게 되고, 기업이 허약해지면 부도를 맞게 된다.

능력이 있는 사람은 일을 깔끔하게 처리하고, 능력이 부족한 사람은 일을 어설프게 처리한다.

다른 사람이 살아가는 모습은 쉬워 보여도, 자신이 살아보면 참으로 고달프고 힘들다.

사람은 세상에 홀로 왔다가 홀로 세상을 떠나야 한다.

남편은 아내의 한숨짓는 소리에 괴롭고, 아내는 남편이 큰 어려움을 혼자 감당할 때 힘이 되어주지 못해 괴롭다.

남을 보고 자신을 고쳐야 바람직한 삶을 살고, 농기구는 망가진 부분을 고쳐야 일의 능률을 높인다.

노래를 잘 부르고 노래를 듣는 것을 좋아하는 사람도 있지만, 노래는 잘 부르지 못하지만 노래를 듣는 것을 좋아하는 사람도 있다.

사람은 병원에 입원하기 전까지는 건강의 중요성을 잘 모르고, 중환자로 눕기 전까지는 생명의 귀중함을 잘 모른다.

남의 심정은 내가 알기가 어렵고, 내 심정은 남이 알기가 어렵다.

젊은이가 앉았던 자리에는 이기심이 남아 있고, 어르신이 앉았던 자리에는 배려심이 남아 있다.

마음이 큰 사람은 확실한 명분을 가지고 대범하게 일을 처리한다.

자신은 상대를 알지 못할지라도 상대는 나를 기억할 수 있다. 따라서 무조건 먼저 인사하는 것이 실수를 줄이는 길이다.

우리 인생은 큰 병을 치르고 나면 잔병이 자꾸 찾아온다.

사람의 하는 짓이 미우면 일을 잘해도 칭찬하고 싶지 않고, 하는 짓이 고우면 일을 못 해도 비난하고 싶지 않다.

될 사람은 가만히 두어도 갈 길을 찾아가지만, 기본이 안 된 사람은 방향을 잡아주어도 갈 길을 못 찾는다.

상냥하고 긍정적인 사람은 언제, 어디에서든 환영받는 삶을 살아간다.

사람은 자기 처지와 비슷한 사람끼리 빨리 친해지는 경향을 보인다.

자기 멋대로 날뛰는 사람은 어느 곳에서든 옻나무 같은 거북한 존재로 살게 된다.

사람의 모든 뼈가 하나처럼 움직여줄 때 사람은 건강과 행복의 기쁨을 누린다.

야생화의 꽃향기는 바람이 불면 널리 퍼지지만, 사람의 향기는 바람이 불어도 널리 퍼지지 않는다.

오늘의 실패가 끝이 아니다. 실패를 교훈 삼아 성공을 향하여 나아가야 한다.

강자의 주장은 현실로 돌아오고, 약자의 주장은 메아리로 돌아온다.

현명한 사람은 말 때문에 성공하고, 어리석은 사람은 말 때문에 망한다.

생전에 성품이 온화했던 사람의 무덤에는 온기가 흐르고, 악행을 했던 사람의 무덤에는 냉기가 흐른다.

주기만 하는 사랑도, 받기만 하는 사랑도 진정한 사랑이 아니다. 주고받는 사랑이 진정한 사랑이다.

흔들리면서도 중심을 잡아가면서, 희망을 향해 가는 것이 인생이다. 삶은 스스로 선택하고, 그 결과에 책임지는 행위의 연속이다.

근본이 착한 사람은 남에게 도움을 주면서도 그 사람을 칭찬하고, 근본이 나쁜 사람은 남에게 도움을 받으면서도 그 사람을 비난한다.

이웃과 사랑 없이 살아가면 외로운 자로 살게 되고, 사람을 무심하게 상대하면 서글픈 자로 살게 된다.

진실을 보는 눈

지은이 | 우철수
펴낸이 | 一庚 張少任
펴낸곳 | 도서출판 답게
초판 발행 | 2023년 12월 20일
재판 1 쇄 | 2024년 1월 10일
등 록 | 1990년 2월 28일, 제 21-140호
주 소 | 04975 서울특별시 광진구 천호대로 698 진달래빌딩 502호
전 화 | (편집) 02)469-0464, 02)462-0464
        (영업) 02)463-0464, 02)498-0464
팩 스 | 02)498-0463
홈페이지 | www.dapgae.co.kr
e-mail | dapgae@gmail.com, dapgae@korea.com
ISBN 978-89-7574-362-7
ⓒ 2023, 우철수

나답게·우리답게·책답게